書下ろし

軍鶏《しやも》侍

野口 卓

祥伝社文庫

目次

軍鶏《しやも》侍　7
沈める鐘　79
夏の終わり　145
ちと、つらい　215
蹴殺《けころ》し　263
解説　縄田一男　335

J・NとR・Yさんに感謝をこめて

軍鶏《しゃも》侍

一

なにゆえに呼び出しを受けたのであろうか。

大橋を渡りながら、岩倉源太夫《いわくらげんだゆう》は首を傾げずにはいられなかった。南国とはいえ一月の夜には寒気の厳しい日もある。さえぎるものがない橋の上では、風が肌を刺してふるえあがるほど冷たい。

園瀬藩《そのせはん》の城下は、城を要《かなめ》としてゆるやかな斜面に扇状にひろがっている。幾重かに濠《ほり》がめぐらされているが、ひときわひろく深い大濠には、大橋ひとつしか架けられていなかった。

橋を渡ると堀之内となり、大手門に連なる通りをはさんで筆頭と次席の家老屋敷が配されるなど、本丸を護《まも》るように重臣や上級藩士の屋敷が並ぶ地域となる。

筆頭家老稲川八郎兵衛《いながわはちろべえ》の使いが来たとき、暮れ六ツ（六時）の鐘は鳴り終わっていなかった。当主の修一郎《しゅういちろう》ではなく隠居の源太夫に、五ツ半（午後九時）に来るようにとの呼び出しである。

「お一人でおいでいただきたいとのことです。口外なさらぬよう」

使いは念を押した。

堂々たる長屋門を備えた屋敷が、通りを挟んで向かいあっていた。

東側を占める稲川八郎兵衛の屋敷の門前で、源太夫はまたしても首を傾げた。修一郎がしくじりをしたのかとも考えたが、帰宅のあいさつの時にも、食事のおりにも別段変わったようすは見られなかった。呼びつけられた理由がわからぬまま、源太夫は正門横の耳門《くぐり》から請じ入れられた。

若侍が先に立って案内したが、家老の屋敷は奥が深い。廊下を何度も折れ曲がって居室に通されると物頭《ものがしら》の林甚五兵衛《はやしじんごべえ》がいた。家老は手焙《てあぶ》りを引き寄せて、林と膝を突きあわせるように坐っている。まるで密談でもしていたという雰囲気であった。

「ご足労をかけた」

稲川はそっけなく言ったが、林は黙ったまま、値踏みでもするように源太夫を見ている。三万六千石の小藩とはいえ、重職の二人とは言葉を交《か》わしたことはない。

「そなたの腕を見こんでたのみがある」家士が茶をおいて去るのを待って、稲川八郎兵衛は言った。「藩士の一部に不穏な動きがあることは、知っておろうな」

上のほうでなにかあるらしいという噂は、源太夫も小耳に挟んでいたが、自分とは縁のないできごとだと思っていた。ましてや隠居の身である。

中老の新野平左衛門《あらたのへいざえもん》と側用人の的場彦之丞《まとばひこのじよう》が近江屋《おうみ》と結託し、藩をわがものにしようとたくらんでいる、と稲川は言った。そのために、稲川を追い落とす材料集めに狂奔《きようほん》していると言うのである。

「些細《ささい》な事実であろうとやっかいでな。使われようによっては命取りになりかねん」

「他意のない謝礼が、賄賂《まいない》という言葉にすり替えられてしまうこともあるのだ」林が初めて言葉を発した。重々しく説得力のある声である。「的場から新野に書簡が届けられるとの報《しら》せが入った。側用人は殿のお側にひかえて補佐するのが役目でありながら、的場は立場を利用しておのが力を強めることしか考えておらぬ。まさに君側《くんそく》の奸《かん》とはあやつのことだ。ご家老のお力によって、ようよう安定した状態に持ちこめたというのに、これでは混乱を招きかねない」

藩主九頭目隆頼《くずめたかより》は参勤交代で江戸にいるので、当然、側用人の的場も供をしている。その的場から園瀬の新野に書簡が届けられるということは、使者が江戸を出たとの報せが早飛脚《はやびきやく》で伝えられたのだろう。

おそらく、使者は徒歩《かち》にちがいない。

早飛脚でも海路を入れて五日はかかるので、使者が馬や駕籠《かご》を乗り継ぎでもしないかぎり、よほどの強行軍でも、徒歩では十日は要する。急いで半月、普通だと二十日はかかる道のりであった。大雨で川止めになるとか、船が風待ちをすれば、ひと月かかることさえある。

「殿にご迷惑をおかけするようなことは、臣下としてもっとも慎《つつし》まねばならぬ。そのような事情でな」家老は言葉を切って源太夫を見据えた。「その使者を斬れ」

あまりにも唐突な、考えてもいなかった命令である。

「お待ちください。殿は二人の動きについてご存じなのでしょうか」

稲川と林は顔を見あわせたが、口を開いたのは林である。

「政務ご多忙ゆえ、殿にはまだ伝えてはおらぬ。証拠を固めてから、ご報告するつもりである」

林の言葉を稲川が引き継いだ。

「やつらの不届きな動きをお知りになられただけで、殿は処分をくだされるはずだ」

藩の中枢《ちゅうすう》にいる国許の中老と藩主の側近が、商人と結託して藩をわがものにしようとの動きが明らかであれば、すぐにも藩主に報告するのが筆頭家老の役務である。しかも殿がただちに処分されるほどの重大事だと言いながら、相手方の使者を闇に葬《ほうむ》るごとく斬れということは、むしろ非は稲川や林の側にあるのではないだろうかと、源太夫は稲川と林に不審を抱いた。

謝礼が賄賂と取られるというのも、賄賂の受け取りをおこなったからこその弁解にちがいない。となると迂闊《うかつ》に受けるわけにはいかなかった。それに、藩内の政争にまきこまれるのはごめんである。

「できぬと申すか」

源太夫の煮え切らぬ態度にいらだったのか、林甚五兵衛が強圧的に言った。

「適任とは申せませぬ。しかも隠居の身でもありますれば」

「四十の働き盛りがなにを申す」

「なにゆえ、それがしを？」

「日向《ひゅうが》道場一の使い手ではないか」

「昔のことでございます」

「江戸で修行したはずだ」

稲川がそう言うと、林も相鎚《あいづち》を打った。

「秘剣を編《あ》み出したとの噂、いや、たしかな報せを受けているぞ」

「…………」

「蹴殺《けころ》しと名づけたそうだな。軍鶏《しゃも》の鶏合《とりあ》わせ（闘鶏）を見て、閃《ひらめ》いたとの話だが」

余人は知らぬはずである。国許の物頭や家老がどうして知っているのか、源太夫はぶきみな思いにとらわれた。

「いえ、完成に至らぬまま帰国し、以後はまったく無縁でございますれば」

「国許にもどってからも、飼っておると聞いているぞ。新しい技を編み出すためではないのか」

「姿かたちが美しいので、たのしみのために飼っております」

源太夫の言葉に薄笑いを浮かべながら、稲川は口調を強めて言った。

「そちにたのむのは、そやつが相当な使い手だからだ」

「名はなんと申される」

「受けるか」

「いえ、そうではありません。相当な使い手とのことですので、あるいは存じておるやもしれぬと」

「知っておるかもしれんな、藩で屈指の腕らしい」

「とすれば、ますますもってみどもは不適。多人数を差し向けられたほうがよろしいかと」

「相手方に気取《けど》られてはならぬ。ことは隠密裡《り》に運ばねばならん」

「ほかに腕の立つ者がおりましょう。それに、もはや当主ではありませぬ。修一郎ともよく話しあいませぬと」

「倅《せがれ》どののためでもあるのだぞ」家老はおだやかな顔のままで続けた。「力を貸せぬとなると、かえって困らせることになるのではないのか」

言い方はおだやかだが恫喝《どうかつ》である。

「隠居の身でありますれば、どうかご容赦《ようしゃ》ねがいます」

「合力《ごうりき》できぬと申すか」

「殿のお考えによる命令には従いますが、本日の話はお引き受けいたしかねます」

二人とも、苦虫《にがむし》を嚙みつぶしたような顔をしている。

ぶじに帰してはくれぬかもしれないが、そのときは黙って斬られはしないぞ、と源太夫は肚《はら》をくくった。家士に刀を預けたので丸腰であったが、いざとなれば相手の脇差を奪ってでも抗戦する覚悟であった。

部屋に通されたときから、源太夫は隣室に人の気配を感じていた。家老が命ずれば、たちまち斬りかかってくるという寸法だろう。

国に帰ってからは道場には顔を出していないが、家の者にも気づかれぬように、ひそかに居合の修練は積んでいた。真剣を帯《お》びての居合は、心身に緊張を強《し》いる。力量が衰えていないとの自信はあった。

隣室からは微塵《みじん》の殺気も感じられない。

源太夫の耳は庭で鳴った鹿威《ししおど》しの音を、屋敷に入って初めてとらえていた。

「では、失礼いたします。このことは誓って口外いたしませぬ」

家老と物頭を等分に見、一礼して源太夫は立ちあがった。

「買いかぶりであったか」

部屋を出た源太夫の耳に稲川八郎兵衛の苦笑まじりの声が聞こえ、林甚五兵衛が吐き捨てるように応えた。

「ただの軍鶏侍でしたな」

玄関で若い家士が刀を返し無言のまま頭をさげて見送ると、門番も黙って耳門を開けた。門を出てしばらくは、周囲の気配に神経を集中していたが、追ってくるようすもない。邸内も静まりかえっている。

来るときは暗かったが、いつのまにか月が出ていた。空気が澄んでいるので月の色は冷たいが、思ったより明るく感じられる。

軍鶏侍か、と源太夫は苦笑した。陰口を叩かれているのは知らぬでもなかったが、聞こえるように言われたのは初めてである。

二

「藤井《ふじい》さまがお見えでございます」源太夫の怪訝《けげん》な顔を見て、修一郎の嫁の布佐《ふさ》は続けた。「江戸藩邸の若いお武家です。すぐあちらにおもどりとかで、ごあいさつに」

「ああ、藤井卓馬《たくま》どのだな」ようやく思い当たった。「お通ししてくれ」

患《わずら》っていた藤井家の隠居が亡くなったという噂は、耳に挟んでいた。

当主卓馬の帰国を待って葬儀をおこなったのであろう。藤井家とは身分がちがったし、ましてや卓馬とは言葉を交わした憶《おぼ》えもない。それがなぜ隠居の身である自分にあいさつを、と解《げ》せなかった。

一通りの悔《く》やみをのべたところに、布佐が茶を運んできた。

「長旅でさぞやお疲れでは」

「天候にも恵まれましたので、半月でもどれました。旅は夏より、今時分のほうが楽でございますな」

「しかし、すぐにもどらねばならぬとなると。それにしても、こたびはいろいろと」

布佐が引きさがるのを待ってから言葉をかけると、卓馬はわずかに首を振った。

「本家のほうでことを運んでくれましたので、わたしはただ坐っているだけでした」

話しぶりに育ちのよさが感じられた。本家は普請《ふしん》奉行という家柄である。目顔でうながすと、卓馬は湯呑みをもどして両手を膝に置き、やや緊張した面持ちになった。

「新野さまにお会いしました」卓馬は声を低めて続けた。「的場さまのお使いとしてです」

そのように切り出されても、源太夫には事情が呑みこめない。筆頭家老稲川の屋敷に呼び出されたことに関係があるのはわかるし、側用人的場の使いとして国許の中老新野に会ったとすれば、卓馬が反稲川派であるくらいの判断はつく。しかし、なぜかれが源太夫のもとにやって来たのかは不明である。

どう受け応えしていいのかわからないので黙っていると、卓馬はさすがにおかしいと思ったのだろう、わずかに首を傾げて探るような色を目に浮かべた。

「松川勇介《まつかわゆうすけ》どのが襲われたことは、ごぞんじないでしょうね」

稲川八郎兵衛が言っていた、側用人的場彦之丞の書簡を中老新野平左衛門に届ける使者だとの見当はついた。どうやら卓馬は、源太夫がある程度は事情に通じているとの前提で話しているらしい。

「なにか勘ちがいをされておるようですな。みどもは先日、ご家老に呼ばれ、的場どのから新野どのへの使者を斬るように言われたが、納得できぬ節があったのでことわった。それだけです。どちらに与《くみ》するという立場でもない。第一、事情をまるで知らんのですよ」

卓馬は瞬きもせずに源太夫を見ていたが、不意に視線を落とすとつぶやいた。

「的場さまや新野さまから、岩倉どのは頼りにできる力強い味方だとうかがっていたので、てっきり話が通じているとばかり思っておりましたが」

改めて卓馬が語った話は、先日、家老の稲川八郎兵衛と物頭の林甚五兵衛が語った内容をそっくり裏返したものであった。卓馬に言わせれば、稲川と林こそ君側の奸である。松川はやはり江戸の的場から園瀬の新野に密書を届ける使者で、卓馬の話では、ほとんど斬り結ぶことなく倒されたのだという。新野にはそれが衝撃だったようだ。すでに刺客《しかく》を用意していたという事実は、筆頭家老の稲川が、両派の正面衝突を避けられぬと見ていることを意味した。

「それにしても、人が一人斬り殺されたとなると、耳に入ってもよさそうなものですが」

「発覚して悪事を洗い出されては一大事なので、人知れず葬《ほうむ》ったものと思われます」

「刺客は?」

「おそらく家老の屋敷に」

あのとき隣室にいた男であろうか。もしも家老が命じていたら、丸腰の源太夫はひとたまりもなかったかもしれない。

しかし奇妙である。使者を斬れとの話は、まず源太夫に来たのではなかったのか？とすればはたして何者が、どういう目的で隣室に潜《ひそ》んでいたのであろう。

「事情はほぼわかりましたが、そのようなおりに、よくぶじに帰国できましたな」

「父の葬儀という事情があったからでしょうが、若輩《じゃくはい》ですから探索の網にかからなかったものと思われます」

「いやいや、用心されるにこしたことはない。一触即発のようですから」

「ほどなく解決するでしょう。証拠がためはほぼ終わりました。ただ、そうなると」

源太夫はそのときになって、藤井卓馬の訪問の真意を理解した。卓馬は真剣な目を源太夫にすえて続けた。

「危ういのは新野さまです。本日は護衛をおねがいするためにおじゃましました。是が非でもお引き受けねがいたいのです」

「おことわりいたす」

卓馬は目を見開いた。否《いな》という返辞は考えてもいなかったようだ。

「それがしがどのように陰口を叩かれているか、ごぞんじありますまい。軍鶏侍と呼ばれておるのです」

「しゃもざむらい?」

「喧嘩鶏《けんかどり》の軍鶏です。軍鶏侍というのが渾名《あだな》でしてな。もっとも今では軍鶏隠居ですが」卓馬が笑わないので、しかたなく源太夫は続けた。「いくらか剣ができるということで声をかけられたのだろうが、もう十四、五年もヤットウとは無縁でな」

「お隠しにならずともよろしい」

顔をあげ、きっぱりと卓馬は言った。

「なにゆえに隠しておるとお考えか」

「隠居の届けに際して、道場を開きたいとねがい出られたとお聞きしております」

「いかにも」

なぜ江戸の藤井卓馬が知っているのかと奇妙に思ったが、側用人の配下であればそれも不思議ではない。

「道場の件ですが、開きたいと届けられたからには、常日頃から鍛錬されていたはずです」

「なに、子供らに教えながら鍛えなおせばよいであろうと」

「おたわむれを」おだやかにそう言うと卓馬は続けた。「お見受けしたところ、お歳にしては腹が出ていません。着物の上からでもわかるほど、むだな肉がない引き締まったお体をしておられます。よほどの鍛練がなければ、それだけのお体は維持できますまい」

物静かな若者だが、かなりの観察眼を持ち、判断力もそなえているようだ。

「争いにはかかわりたくない」ひそかに鍛えていたことを白状したことになるな、と思いながら源太夫は続けた。「軍鶏を相手に静かに余生を送りたいと考えておるのです」

「余生ですと?」卓馬はかすかな笑いを浮かべた。「隠居のねがいがすんなりと受け入れられたことを、ふしぎには思われなかったのですか」

思わぬわけがあろうか。息子の修一郎に男児が生まれたので、家督の相続と隠居、そして道場開きをねがい出たのは三十九歳の二月である。仕事の上で失態があったわけでも、健康を損ねたわけでもない。いわばわがままであった。

ところが隠居の許しは簡単におりたのである。にもかかわらず、道場開きのねがいは許可されなかった。

意外だったのは修一郎の落胆ぶりである。江戸で修行を積み、平時には退屈きわまりない役目の御蔵《おくら》番をつとめあげ、満を持して剣の技を活かすことでお役に立ちたいとねがっているのに、上層部はなにを考えているのだと憤慨《ふんがい》した。日頃おだやかな修一郎にしては、意外ともいえる興奮ぶりである。

「ならそれでよいではないか」と逆に源太夫が慰めた。「隠居は認められ、宮仕えからは解き放たれるのだ。軍鶏の相手をし、釣りや散策で気楽なときをすごせる。道場の件は、若い藩士たちを指導したいとでも言わねば隠居を許されぬと思ったからだ」

とはいうものの、それが強がりであることはおのれが一番よく知っていた。額にポンと無用者という烙印《らくいん》を捺《お》された恥辱《ちじょく》を、心の中から追い出すことはできなかったのである。

「道場が許可されなかった理由が、おわかりでしょうか」源太夫が黙していると、卓馬はわずかに膝を進めた。「わが殿は英明なおかたです。わたしには、今日あることを見通しておられたとしか思えません」

「…………」

「いざというおりの切札として、岩倉どのを温存されたのです」

「切札?」

道場を開きたいというからには鍛練を怠《おこた》っていないはずだというのは、藩主が的場彦之丞に漏らした言葉だと卓馬は言った。一目見れば納得するはずだと的場に言われ、源太夫に対面して卓馬はそれを確信したという。

それればかりではない。卓馬によると、藩主九頭目隆頼は驚くほど源太夫の事情に通じていた。十五年以上にもなるが、国許にもどった源太夫は日向道場にあいさつに顔を出した。しかし、旧師の日向主水《もんど》に江戸での報告をしてからは、道場には出向いていないので、かつての剣名を記憶している者も、今ではそう多くはいないだろう。そこまで知っていて、藩主は一朝事あるときには源太夫が切札となると判断を下したのだと卓馬は言った。

道場を開けば、だれもが免許皆伝の腕だと思い出すはずだから、時期を待っているというのが不許可の真意だったとのことらしい。そうでなくても、藩主が自分を切札と考えていてくれたと聞いただけで源太夫は感激し、気持が一気に傾いたのを感じていた。

当主である修一郎の許可を得なければと即答は避けたが、心の内では中老の護衛を引き受けようと決めていた。修一郎とのことは武家としての手続き、いわばけじめであった。

二人の師匠に文句を言わねばなるまいな、と源太夫は一人ごちた。二人とは、日向道場のあるじであった日向主水と、旗本の隠居秋山勢右衛門《あきやませいえもん》である。日向は剣を仕こみ、秋山は軍鶏のすばらしさを教えてくれた。そして人間関係のわずらわしさに悩んでいた源太夫に、それから逃れる最良の方法は、できるかぎり早く隠居してしまうことだと、異口同音《いくどうおん》に勧めたのである。それに従ったのにこの体《てい》たらくであった。文句のひとつも言いたくなろうというものだ。

三

藤井卓馬の訪問を受けた翌日は、風のない暖かな日和《ひより》であった。

午後になると、源太夫は庭に古い盥《たらい》を出して軍鶏を行水させた。梅花が薫《かお》る季節に行水とはいかにも似つかわしくないが、こと軍鶏に関しては、秋山勢右衛門に教えられたやり方を踏襲《とうしゅう》している。

中老新野平左衛門の護衛が頻繁《ひんぱん》にあるわけではないとわかって、源太夫はいくらか気が楽になった。日中の登下城には家士が供をするので、いかに稲川派といえども襲うようなまねをするはずはない。

当然、護衛は夜となるが、あらかじめ連絡が入るとのことであった。居場所さえ報せておけば外出してもさしつかえないと言われたものの、好きな釣りはしばらく自重しなければならないだろう。

源太夫は、息子の修一郎とは卓馬が帰ったあとで十分に話しあった。筆頭家老稲川八郎兵衛の呼び出しの理由と、そのときに源太夫が感じた印象や、理がどちらにあるかとの判断、また卓馬と話した内容からして、新野平左衛門の護衛を引き受けることが、藩主の意に適《かな》うと結論した経緯《いきさつ》などを、である。

息子は黙ってうなずいた。

ややあって口を開いた修一郎は、自分は中立の立場をとりたいという。すでに両派からそれとなく働きかけがあったが、旗幟《きし》を鮮明にしてはいなかった。

ただし二者択一に追いこまれたならば、稲川よりは中老の新野に与するつもりでいるとのことだ。源太夫に打ち明けられて、自分の判断はまちがっていなかったと確信したと息子は言った。

家督を譲ったことで修一郎が一まわりも二まわりもおおきくなったのが実感できて、源太夫は安堵《あんど》した。これで安心して動ける。となると、引き受ける旨《むね》、今夜にも伝えておいたほうがいいようだ。

源太夫が軍鶏の面倒をみるときは、下僕の権助《ごんすけ》がつきっきりで手伝った。もちろん、普段の給餌《きゅうじ》とか鶏糞の処理などの世話は権助の仕事である。人肌よりすこしぬるいくらいに湯温を保つため、権助はこまめに湯を足さねばならなかった。

「権助、見ろ。これはいい軍鶏になるぞ」

源太夫は微温湯《ぬるま》の中で筋肉を揉みほぐしてやりながら、碁石と呼ばれる白と黒の羽毛がまじりあった、まだ名前もつけていない若鶏を顎《あご》で示した。

権助は源太夫の父親の代から仕えているので、すでに六十の半ばのはずだ。働き者で、岩倉家にはなくてはならない奉公人である。

権助は骨董《こっとう》を品定めするような真剣な目つきで、矯《た》めつ眇《すが》めつしてから言った。

「これがいい軍鶏になると見抜かれたとしますと、大旦那さまもなかなかお目が高い」

「これはしたり。権助にほめられるとは思わなんだわ」

権助の源太夫に対する呼びかたは、若旦那さまから旦那さまになり、修一郎に家督を譲って内輪だけの披露目《ひろめ》をした日に、大旦那さまに変わった。

「まず脚が長くて太いだけでなく、正面から見ますと、三列の鱗《うろこ》が足首まできれいに並んでおります。これは三枚鱗と申して、からだ全体の釣りあいがとれている証拠です。このシャムがみごとなのは」

「まて」源太夫は手をあげて制した。「いまシャムと申したな」

「…………」

「権助。飼ったことがあろう」

「大旦那さまが、軍鶏といっしょに江戸からおもどりになられて」

「軍鶏を連れて、だ」

「でございますから、何年になりましょうな」

「そのまえのことを訊《き》いておる」

権助は首を振った。

「軍鶏にくわしい薩摩《さつま》藩士が、シャムと呼んでおった。軍鶏はシャム国からの到来物らしいのだ」

「ぞんじませんでした」

「それはともかく、おまえは軍鶏にくわしすぎる」

「好きこそもののじょうずなれ、でございますよ」

そう言われれば、それ以上追及するのも大人気ない。

「では、なぜにこの軍鶏はみごとなのだ」

「軍鶏の急所のひとつが、鶏冠《とさか》でございます。喧嘩では」

「はい、そのおりには鶏冠をくわえて振りまわすのが、相手には一番こたえます。このシャム、や、軍鶏の鶏冠は……」

「鶏合わせだ」

「いいから続けろ」

「胡桃《くるみ》鶏冠《さか》と申しまして、胡桃の実のようにかたくちいさくまとまっています。これでは相手がくわえようにもくわえられません」

「一番大事なことを見落としておるぞ。爪だ、爪。見ろ、この蹴爪《けづめ》を。硬いのにしなやかだろう。つまりもろくないゆえ、鶏合わせで折れたりもげたりする心配がない」

「なにかと思いましたらそのことでございますか。申すまでもないことで、はぶかせていただいたのですが」源太夫は思わず権助を見たが、相手は澄ました顔で続けた。

「権助めはこやつが雛《ひな》のときに、ものになるとピンときましたです。それで貝の殻を砕いたのや、大旦那さまが釣って帰られた雑魚《ざこ》を切り刻んでたっぷりと与えました。それにしてもいい爪になったものです。穀類だけでは、こうはまいりません」

「これは一本とられたわい。おまえは軍鶏のことになると弁が立つな」

「家来は主人に似ると申しますから」

頭も悪くはない。叱られぬ範囲で、軽口を叩くすべも心得ていた。

源太夫は軍鶏の羽毛から垂れる雫《しずく》を、絞った手拭《てぬぐ》いでていねいに拭ってやると地面に立たせた。すかさず権助が唐丸籠をかぶせ、籠をすこし持ちあげて移動させる。

軍鶏は胸を張り、ゆっくりと脚を持ちあげ、爪をいっぱいに開くと、この国そのものを摑もうとでもするような気概で脚をおろす。歩様《ほよう》には悠揚《ゆうよう》迫らぬものがあって、鶏合わせのときの俊敏さを考えると、まるで別の生きもののようであった。

権助はせかすことなく、相手の動きにあわせて籠を動かしているが、軍鶏が主人で権助が従者のように見えぬこともなかった。ほかの軍鶏に近づけすぎないように、十分な間隔をあけて唐丸籠を置き、その上に重石《おもし》を載せると、権助は次の軍鶏を連れてくる。

「おまえを会わせると、喜びそうなお人がいるのだが」

「軍鶏ではなくて人ですか」

「秋山勢右衛門どのという、三千五百石取りの旗本のご隠居だ。わしを軍鶏道楽に引きずりこんだ張本人だよ」

「道楽?　けっこうなたのしみでございますよ。人に迷惑をかけることもありませんし」

「迷惑するのは奉公人だけか」

「なにをおっしゃられます。しかし、悔やんでおられるのですか、軍鶏のことを」

「人間関係のわずらわしさから逃れたいなら、なるたけ早く倅に家督を譲り、隠居することだと秋山どのは申された。教えに従って三十九で隠居したら、四十にしてたちまちごたごたに巻きこまれてしもうた。文句のひとつも言いたくなろうが。だが文句を言うなら、日向道場の師匠のほうだな」

「道場の、先《せん》の先生でございますか」

「師匠はわしが人との関わりを苦手としているのを知って、心を砕いてくださったのだ。そして剣で腕をあげ、早めに家督を譲り、隠居してしまえばいいと申された。隠居が許されなければ、道場を開いて若手を育てると言えば、反対はされぬだろうと入れ知恵し、江戸行きがきまると、向こうの道場に紹介状を書いてくれたのだ。そここ腕をあげたが、隠居は許されたものの、道場についてては首を振ってはもらえなんだ」

猩々《しょうじょう》と呼ばれる赤みの強い褐色《かっしょく》の羽色をしたのが最後であった。拭き終わった軍鶏を権助に委《ゆだ》ねると、源太夫は腰をあげた。

一通の紹介状が一生を変えてしまうこともある。人の世とはまことに不可思議なものだ。

ひとつの唐丸籠のまえで源太夫は足を止めた。

先ほど手入れを終えた碁石や猩々のほかに、烏《からす》と呼ばれる漆黒の羽毛をしたもの、白毛と緑がまざった白笹、ひときわ輝いて見える金茶、そして白や浅黄と実にさまざまな色をした軍鶏がいる。笹の葉色ひとつをとっても、新緑のしたたるような色合いから蒼みを帯びた白っぽい緑まで、一羽一羽すべてが異なった羽根の色をしていた。目のまえの軍鶏はみごとな金笹で、春先の陽光を受けて金色と緑がひときわあざやかであった。軍鶏の頸《くび》は、細くて長い蓑毛《みのげ》と呼ばれる羽毛でおおわれている。金、茶、白、赤、黒、緑、青、紫などの色の混ざりぐあいが、軍鶏によってすべてちがっていた。

このような美しさを知ることもなく、一生を終える者もいる。いや、ほとんどがそうであろう。そして自分もまた、これほどの、いかなる名工の手にかかっても創《つく》れぬかもしれぬ美麗さを、知ることもなく死んでいったかもしれないのである。

もしもあの日、日向主水が呼び止めさえしなかったなら……。

四

「新八郎《しんぱちろう》、残れ」

井戸端で体を拭いていた十二歳の源太夫は、主水に呼ばれ「はい」と返辞をした。新八郎はそのころの名である。

剣の欠点をなおしてくれるか、おなじ年ごろの少年たちとうまくやっていけないことへの叱責《しっせき》のどちらかだろう。道場仲間は後者を期待しているらしく、にやにや笑いを浮かべたり、いいきみだという露骨な一瞥《いちべつ》を与えながら帰っていった。

道場を出た主水は扉を閉めると、隣接した母屋《おもや》に向かった。となると叱責にちがいない。

居間に通されたが、主水は終始無言であった。エラが張って四角い顔の主水は、下駄《げた》と渾名されていた。額と鼻、頬と顎がほぼおなじ高さであり、ちいさな丸い眼をしている。

かしこまって坐っていると、妻女が茶と煎餅《せんべい》の入った菓子鉢を持ってきた。それを横目で見た主水が、羊羹《ようかん》があっただろうと言った。

「あ、はい」

鉢を手に引きさがる妻女を見ながら、叱責ではないらしいと新八郎は安堵した。

師匠は腕を組んで目を閉じていた。

うぐいす色をした羊羹を口に含むと、甘味が口腔いっぱいにひろがった。うまいか、と自分は手をつけないで師匠が言った。うなずきながら横目で見ると、柔和な笑みを浮かべている。

最後の一切れを十分に味わってから、湯呑みをとって茶を含んだ。苦くて濃いと感じたが、口の中がふしぎな爽快感に満たされるのがわかった。もう一口を含んだとき師匠が言った。

「道場仲間と、うまくいっておらぬようだな」

思わず茶を吹き出しそうになった。

「相手の考えがわからぬのではなくて、わかりすぎるのであろう」

「………」

「新八郎の剣の腕があがったのは、相手がなにを考えているか、誘っているのか、じらしているのか、あせっているのか、おびえているのかが、おのれの掌《たなごころ》を指すようにわかるからだ。普段もおなじであろうな。相手がほめてもらいたい、慰《なぐさ》めてもらいたい、叱《しか》ってもらいたいと思っているのがわかると、それに応えるのがうっとうしくて、言葉がのどの出口にこびりつく。それでぎくしゃくしてうまくやってゆけず、そのような自分がしだいにいやになってしまう」

心の内をすっかり見透《みす》かされている。言葉も出なかった。

「時間をかければかならずなおせる、というものでもない。侍などというものは、決まりごとにがんじがらめに縛られた窮屈《きゅうくつ》なものでな。宮仕えをすると気苦労も多い。腹を探りあったり、わずかなことを気に病んだり……わずらわしいことこの上もない。武士と生まれた以上それから逃れることはできぬが、すくなくすることはできなくもない」瞳を輝かせる新八郎に主水はうなずいた。「できるだけ早く妻《めと》を娶り、跡取りが生まれたらすこしでも早く嫁をもらってやる。そして家督を譲って隠居するのだ。順調にゆけば四十まえに隠居できるぞ」

感心して聞いていた少年の日の源太夫は、隠居という言葉にすっかりとまどってしまった。師匠の主水は、何を思って十二歳の自分にこんな話をするのだろうと、強い疑問を抱いたのである。それまでの期待がおおきかっただけに落胆も激しかった。それに、そんなに調子よくいくものか。

「そのように調子よくいくものではない」

主水はそう言うとにやりと笑い、目尻に笑い皺《じわ》が刻まれた。

「そこでものを言うのが剣だ。だれもが認めるほど剣名を高めておけば、道場を開くことができるだろう。ただし、田舎の道場で師範代を務めるくらいではだめだ。江戸で免許皆伝を受けなくてはな。とは言っても、だれもが江戸表に出られるわけではない。どうだ、本腰を入れてみんか。道場で一、二の腕になれば、推薦しやすい。江戸行きが決まれば、向こうの道場に紹介状を書いてやろう」

新八郎が元服して藩主にお目見《めみえ》得したあとで父が病死したので、跡式の相続が認められた。

主水に声をかけられた直後から新八郎の腕はさらに上達し、十八歳で道場一の折紙をつけられるまでになった。御蔵番見習いとして勤めに出ていた新八郎は、世話をする人があってその年、十六歳のともよを妻とし、翌年には江戸詰めを命じられて三月に国許を出たのである。

まさに主水の筋書きどおりに進んだのであった。

落ち着くと許しをもらい、主水の紹介状を懐《ふところ》に一刀流の椿《つばき》道場を訪れて入門したが、まもなく新妻のともよから懐妊の便りが届き、翌年一月には長男が誕生した。

修一郎と名づけたが、それが発奮材料となり、入門して一年が経ったころにはかなり上にまで席をあげていた。

道場仲間もできたが、中でも旗本の三男坊、秋山精十郎《せいじゅうろう》とは馬があった。竹を割ったようなさっぱりした気性で、腕前も同程度、しかも、異例の早さで席順をあげる新八郎とは追いつ追われつを演じていたのである。

稽古帰りにかならず寄ってくれと精十郎に誘われたのは、修一郎が生まれた年の九月半ばであった。

田舎の小藩の下士である新八郎の目には、三千五百石取りの大身旗本の屋敷はまるで御殿のように思われた。園瀬藩では、筆頭家老でさえ千石である。

横手にまわり、縁側に竹刀や防具入れを置くと、精十郎は裏の庭へと誘った。

建物を曲がると、見慣れぬ光景が目に飛びこんできた。おおきな竹製の籠がいくつも伏せられ、それぞれに綾織のように輝く鶏が入れられていたのである。

莚《むしろ》を二枚つなげて丸めたものの傍《かたわ》らには、体格の良い四十代半ばと思われる武士が床几《しょうぎ》に腰をおろしていた。

「父上、園瀬藩の」

「岩倉新八郎と申します」

「秋山勢右衛門じゃ。かたくならずともよい。わしは見てのとおりの隠居でな」

鶏の一羽がルルルと絶妙の間で鳴いたので、その場の空気が一気に和《なご》やかになった。

「味見を始めるところだ。見てゆかぬか」

「味見とは若鶏の稽古試合だ」

精十郎が説明した。

二人の下男が籠から鶏を取り出すと、土瓶《どびん》から含んだ水を霧のように吹きかけ、鶏の口を開けて水を流しこんだ。闘うと急激に体温が上昇するので、あらかじめ冷やしておく必要があるということは、あとになって得た知識である。

新八郎は頸筋をおおった蓑毛の美しさに心を奪われ、口を開けたまま惚《ほう》けたように見入っていた。

それからのできごとは、まるで儀式のようであった。

用意が終わると下男たちは、畳んだ翼の上から両手で包むようにして持った軍鶏を、何度かけしかけるように突きあわせてから、そっと土俵内の地面におろした。莚を二枚縦につなげて円にしたのが、鶏合わせの土俵である。

二人が手を放すと同時に、軍鶏は高く跳《と》びあがり、鋭い爪を突き出して相手の顔や頸をねらった。頸のまわりに流れるようにまとわりついている細くて繊細な蓑毛が、火消しが振りまわす馬簾《ばれん》のようにふわりと持ちあがった。

跳びあがり、蹴り、頸をからませての押しあいと、さんざんに闘い、双方が口をおおきく開けて赤い口腔を見せる時間が多くなりかけたなと思うと、勢右衛門が手を挙げた。

下男たちは軍鶏を分けた。

「こちらは、よろしゅうございますな」

年輩の下男が片方の軍鶏を指差すと、隠居はうなずいた。そのときの新八郎にはわからなかったが、残す価値がない若鶏という意味であった。

その日は三組の味見がおこなわれたが、毛色がちがうように闘いぶりもさまざまであった。頭をさげて左右に振りながらわずかな隙《すき》をねらうもの、伸びあがるようにして鋭く見据えるもの、体高を生かし、頸をからませて持久戦に持ちこみ、もたれかかって敵手《あいて》の体力の消耗をはかるもの。これはまさに剣の道そのものだな、と新八郎は思った。

「鶏合わせは、はじめてのようだの」

「鶏に習わねばと身にしみて感じました」

新八郎の言葉に、勢右衛門の目の色がやわらかくなった。

「鶏ではない。いや、鶏は鶏だが、これは軍鶏だ。稽古帰りで腹をすかせておるであろう。すぐに用意させよう」

別室に移ると、ほどなく鍋が出された。

野菜とともに煮こまれた肉が先刻の若鶏だとわかっているだけに、気持は複雑であった。力がなければたちまちつぶされるのはわが身とおなじである。あれだけ真剣に闘っていたものが、四半刻（約三十分）もしないのに鍋に煮られているのだ。とはいうものの、貧乏藩士にとってはめったに味わうことのできぬご馳走《ちそう》であった。

「隠居がな」次に道場で顔をあわせたとき、精十郎は父親を乱暴に言い捨てた。「好きなときに遊びに来いと言っておったぞ。よほど新八郎が気に入ったとみえる」

そんなことがあって屋敷に出入りするようになり、軍鶏に関してあらゆることを教えられたのである。

何度か見ているうちに、新八郎は一羽の軍鶏に心を奪われてしまった。

軍鶏には体温をさげる方法がないので、闘いが終わると口を開けてひたすら喘《あえ》ぐばかりなのに、そいつは呼吸ひとつ乱していない。それも当然で、一撃で敵手を倒してしまうからであった。

なんとかして秘密を探りたいと、目を皿のようにして闘い振りを見守ったが、何度見てもわからなかった。飛びかかられた瞬間に相手は倒れ、そいつは平然としている。軍鶏にはめずらしい白が半分近くを占める羽色で、光沢のある蓑毛がひときわあざやかであった。

新八郎はその軍鶏の闘いを何度も見た。そしてようやく、敵の攻撃の勢いを利用して返すため、倍の力となって相手に跳ね返るのだということがわかった。だから一撃で倒せるのだ。信じがたい瞬発力である。

閃くところがあって、新八郎はひそかに居合の田宮《たみや》道場にも通うことにした。敵の力を利用して一撃で相手を倒すという瞬発力からすれば、居合に秘密がありそうな気がしたからである。

二十二歳で江戸詰めが解かれたが、免許皆伝が得られなかった新八郎は、ねがい出てとどまることにした。

まもなく免許だけでなく奥許しも得られたが、新八郎はさらに修行を重ねた。そして帰国まぎわに、精十郎の協力を得て蹴殺しを編み出したのである。

できることなら、政争などには関わりたくない。だがそれから逃れることができないのであれば、せめて納得のできるように動きたいと思う。そしてこれまでの経緯からすれば、どう考えてもいかがわしいのは稲川と林の派で、藩主のためを思って動いているのは、側用人の的場と中老の新野だと思えた。

源太夫の心の内では、中老の新野平左衛門を護衛する気構えができていた。はたして蹴殺しを使うはめになるのであろうか。ふとそう思った。

あわただしく庭に踏みこんだ修一郎が、帰宅のあいさつもそこそこに言った。

「藤井卓馬どのが襲われたそうです」

五

料理屋「花かげ」の奥まった座敷に通されると、すでに目付の芦原弥一郎《あしはらやいちろう》が来ていた。切れ者との噂が高いが、顔も丸ければ体つきも丸く、しかも童顔なのでまるで貫禄《かんろく》がない。

あいさつが終わり、酒肴《しゅこう》が運ばれると、弥一郎は勝手にやるからと言っておかみをさがらせた。源太夫が飲む富田町《とみたまち》や新町《しんまち》の小料理屋とは、造りからしてちがっていた。よく利用するのだろう、弥一郎はいかにも場慣れしたようすであった。

目付に隠居と、今でこそ立場はちがうが、芦原弥一郎と源太夫は日向道場の相弟子である。齢《よわい》は弥一郎のほうが二歳若いが、いっしょに汗を流した仲間だという気やすさがあった。酒を注ぎながら弥一郎が言った。

「跟《つ》けられなんだか」

源太夫がだいじょうぶだと答えると、弥一郎の顔からは緊張の色がいくらか薄れたようである。

息子の修一郎が下城の途中、弥一郎の使いが近づいて、主人が六ツ半（午後七時）に西横丁《にしよこ》の「花かげ」でお待ちしていると源太夫に伝えるように言ったのである。くれぐれも追尾されませぬようご注意なさっていただきたい、そう言うと使いは離れて行った。修一郎は藤井卓馬の件を耳にしていたので、すぐさま事情を察したという。

酒を含むと、源太夫が新町あたりで飲む酒とはちがって、口腔にひろがるぐあいやコクになんともいえぬ品の良さが感じられた。

「今夜にも中老のお屋敷に伺おうと考えていた。護衛をお受けしようと思う」

「ありがたい」弥一郎はわずかに頭をさげ、二人の盃を満たした。「が、お屋敷は見張られておるのでな、わしから伝えておこう」

「藤井どののことは倅から聞いたが、中老のご一派にはおおきな痛手だな」

弥一郎は源太夫をじっと見てから、空中に眼を泳がせた。話すべきかどうか思案しているふうであったが、ややあって口を開いた。

「今回の件は、いずれの藩もが抱えている派閥争いとはおもむきが異なっておるのだ」

そこまで言って弥一郎は口を閉じた。中老を護衛すればよいという、単純な話ではなさそうである。

卓馬はすぐにも江戸に発つとのことだったが、あの夜、近江屋に会っていた。それが稲川一派に勘づかれたらしいとわかったので、帰路は護衛を二人差し向けたが、待ち伏せていた相手は五人であった。

その中に藩士ではない、長身の、ひときわ鋭い剣の使い手がいた。側用人的場の書簡を中老新野に届ける使者松川勇介を斬ったのも、おそらくその男だろう。護衛を向けなければ、その武士が一人で襲ったはずである。卓馬側が三人になったので、相手も人数を増やしたと考えられた。

藩士の四人は護衛が卓馬を護ろうとするのを徹底してじゃまし、稲川八郎兵衛が雇った長身の刺客はひたすら卓馬に迫った。卓馬も簡単には斬られず、ときには反撃して押しもどしたこともあった。

「だが、所詮、金で請け負う刺客にかかってはかなわぬということか」

そう言ってから、芦原弥一郎は若侍を聴取したときのようすを語ったのである。壮絶な死闘を目撃した若侍は、すでに一刻（約二時間）が過ぎていたにもかかわらず、まだ顔を青褪《あおざ》めさせたままであった。

「あのようなすさまじい闘いは、見たことがございません」

「何合、いや何十合と斬り結んだのか」

興奮冷めやらぬ若侍が黙ってしまったので、弥一郎は目顔でうながした。目を見開いてじっと見ていた若侍は、やがて何度も首を振った。

「ええい、もどかしい。どうなったというのだ」

「卓馬どのが間合いを詰めて、裂帛《れっぱく》の気合いとともに打ちこみましたが、敵手も同時に鋭い踏みこみをみせ、長身からは信じられぬほど低い姿勢に移って、卓馬どのの横を走り抜けたのです」

「低い姿勢とな」

弥一郎の問いに、若侍は何度もおおきくうなずいた。

「並みの低さではありません。あの男は六尺（約一・八メートル）ちかくあったと思いますが、腿《もも》の、いえ、膝のやや上くらいと思える、とても信じられぬほどの低い位置を、まるで地を這うように駆けぬけたのです」

「はい。わたしは途轍《とてつ》もなくおおきな山犬が、走り抜けでもしたような気がしました。あっと思った時には、脾腹《ひばら》を斬り裂かれて卓馬どのは絶命していたのです」

俳諧《はいかい》の会の名目で集まって打ちあわせをおこなっていた中老支持の若侍たちが、その帰りに殺戮《さつりく》の現場に行きあわせた。

濠を挟んだ向こうの道であったので、おおまわりをして駆けつけたときには、襲撃者の影すら見えなかった。護衛の一人はたいした傷も負わずにすんだが、もう一人は腿と肩を斬られて深傷《ふかで》であった。しかし、命に別状はないとのことである。

いくらで請け負ったかは知らぬが、刺客は役目をはたしたのである。

弥一郎が訊問したのは、傷を負わなかったほうの護衛であった。護衛につくほどだから、道場でも五指に数えられるほどの腕だと言う。その若侍ですら、一刻がすぎても震えがとまらぬほどの衝撃を受けていたのである。

どことなくひっかかるところがあり、源太夫は顎に手をやった。弥一郎はそれを見逃さなかった。

「どうやら心当たりがあるらしいな」

「六尺の背丈がありながら、地を這うように走り抜けたのか。それにしても、奇妙な
「地を這うようにだと」

剣を使うものだと思ってな」

「覚えがあるのだろう」

「江戸で、奇抜な手を使う男を知っている。上背があれば上からの攻撃が圧倒的に有利だが、だれもがそう思う裏をかいて、不意にしゃがみこんでから跳びあがったり、大上段に振りあげながら、尺取虫《しゃくとりむし》のように一気に身を縮めたり。普通ならただのまやかしだが、その男には並はずれた腕がある」

「勝てるか」

「おいおい、その男ときまったわけではない。それに、いくら長い腕でも江戸から園瀬まで、船旅をいれて百五十里（六百キロ弱）、それだけ隔《へだ》たっておれば届きはせん」

しばしの間があって、

「新八郎だから話すが」と弥一郎は、源太夫を道場時代の名で呼んだ。「中老の新野さまとお側用人の的場彦之丞どのが手を結んで、稲川一派に対抗しているように見えるだろうが、すべては殿の裁断なのだ」

源太夫は思わず盃を置いた。弥一郎はうなずくと続けたが、その話は藩の中枢に近い立場の人物らしく要領を得ていた。

園瀬藩では良質の莨《たばこ》が栽培できる。その扱いは藩内の商人たちにまかされ、かれらが買い取りから乾燥、そして刻みなどの加工いっさいを管理して売りに出す。ところが高級品が江戸や大坂で評判になったことで、事情が変わってきた。それを専売として収益の分散をふせぎ、藩の借金の軽減をはかることにしたのである。

初代藩主に従って国入りをした老舗《しにせ》の近江屋が請け負うことになると、だれもが予想していたにもかかわらず、新興の加賀田《かがた》屋に決まった。背後で稲川八郎兵衛が動いたという噂が流れたが、真相は霧の中である。

いずれにせよ加賀田屋は巨額の富を得、その内のかなりの額が稲川に流れたと思われる。藤井卓馬は近江屋の主人に、当時のこまごまとした事柄を確認しようとしたらしい。

「やはりおおきな痛手ではないか」

「的場どのにはな。卓馬は家柄もいいし、頭も切れる。期待をかけておられた」

「中老にとっては、それほどの打撃ではないと言うのか」

「卓馬が帰国したおりに会って、的場どのからの書簡と情報は得ている。近江屋の一件は細部の確認であって」

「まっすぐ江戸にもどれば……。卓馬は犬死だったな」

「役目ははたしている」

側用人的場の書簡を中老新野に届けたことを言っているのだろうが、源太夫は釈然としなかった。それは中枢にいる人間とそうでない人間の、感じかたのちがいなのかもしれない。

「殿は派閥を解消しようとなさっておられるのだ。それも、なるべく波風を立てることなく な」

おかみが銚子《ちょうし》を運んで酌《しゃく》をし、空の銚子をさげおわるのを待って、弥一郎は続けた。仲居などを寄こさないところをみると、弥一郎は上客なのだろう。

「諸悪の根源は派閥だと殿はお考えだ。派閥を維持し拡大するには、入費がかかる。そのため、商人と癒着《ゆちゃく》して賄賂をとらねばならなくなる」

主流派でなければ利益を得ることも、そのおこぼれにあずかることもできない。いつまでも冷飯喰いでは浮かばれないので、反主流派は結束して覆《くつがえ》そうとはかり、主流派とのつながりをもたぬ商人がそれに加担するという構図であった。

「浮いたり沈んだりの繰り返しが派閥争いの実態だが、それでは藩そのものが疲弊《ひへい》する。だから殿が乗り出されたのだ」弥一郎はそう言って、源太夫をじっと見た。「稲川一派に有無を言わせぬだけの材料はそろえたので、あとは殿の帰国を待って一気に片をつける手筈《てはず》になっている」

「うまく運ぶのか」

「そこで」と弥一郎は、銚子と盃を横に移して顔をぐっと近づけた。「新野さまの書簡を江戸の的場どのに届けてもらいたい。ほかの者には任せられぬ、重要な役だ」

「ケリはついたのではないのか。お側用人の書簡は卓馬が中老に届けた」

「今度は中老新野さまの書簡をお側用人に届けねばならない」

「役目をはたして卓馬は用済みとなったぞ」

「おいおい、それはなかろう。卓馬の届けた書類をもとに、中老が総体をまとめた報告を作成する」弥一郎は居住まいを正した。「つまりは殿への報告書なのだ。それをもとに改革に踏み切ることになる。重要性がわからぬはずはなかろう」

「それをおれが、か」

「だからたのむのだ。好都合なことに隠居ときている」

「貧乏藩士の隠居の身では、江戸見物というわけにもいくまい」

「そこで考えた。軍鶏だよ。新八郎の軍鶏狂い……ではなかった、軍鶏好きは藩中で知らぬ者がない。筋書きはこうだ。血統書つきの名鶏を譲ってもよいと、昔の軍鶏仲間から便りがあった。はやく行かねばだれかが買ってしまう。とすればあすにも出《しゅっ》立《たつ》したい」

「値を知っておるのか。江戸では大名や旗本のあいだで軍鶏がはやっておってな、いい雛は二、三十両で取り引きされることもある」

「軍鶏にそれほど出すのか」

弥一郎は眼を剝《む》いた。

「それも雛にな。血統がいいというだけで、強くなるか駄鶏《だけい》で終わるか、わからぬのに大枚をはたく。おれにはとても手が出せん」

うーむ、と腕を組んで弥一郎は唸《うな》り、しばらく天井を見あげていたが、

「窮地に立たされた軍鶏好きの男をだな、新八郎が剣で救ったことがあったというのはどうだ。その男が病を得て長くはないと悟り、すると心が残るのが丹精こめて育てた軍鶏だ。自分が死ねば値打ちのわからぬ息子が鳥屋に二束三文で売り飛ばすにちがいないが、そんなことになっては死んでも死にきれぬ。そこで思い出したのが、かつての命の恩人岩倉新八郎さまだ。そうだあのお方にひきとってもらおう。新八郎さまならかならずたいせつにしてくれるだろうと、遺言を書き残した。いくら息子でも遺言にはさからえまい」

「即席で思いついたのか、それだけのことを。悪知恵が働くなあ」

二人は顔を見あわせて笑った。笑いながら源太夫は、秋山勢右衛門の顔を思い浮か

べていた。すっかり無沙汰《ぶさた》をしているが、還暦《かんれき》前後のはずだからおそらく健在だろう。まだ軍鶏は飼っているだろうかと思うと、なつかしさが胸中にあふれた。

「中老の書簡はいつ書きあがる?」

「やってくれるか、ありがたい。持つべきは友だな」

「調子が良すぎるぞ」

弥一郎はいくらか照れたような表情になったが、すぐに真顔にもどった。

「二日。長くとも三日とかかるまい。用意を整えて待機してくれ」

ついに争いの渦中《かちゅう》に巻きこまれることになってしまったが、筆頭家老稲川の屋敷に呼ばれたときとは、源太夫の心のありようはまるでちがっていた。あの折はだれのためになぜ人を斬らねばならないのかが、判然としなかったのである。それゆえに、曖昧《あいまい》な命令に従うわけにはいかないと判断したのであった。

だが今度は、藩主九頭目隆頼がおこなおうとしている改革のためという、明確な理由があった。源太夫が新野の書簡を無事に届けることができれば、商人と癒着した重職は裁きを受け、藩は正常さを取りもどせるはずである。

もちろん、稲川一派は必死になって、源太夫が江戸の的場に書簡を届けることを阻止しようとするはずだ。芦原弥一郎はなにも言わなかったが、当然、松川勇介と藤井卓馬を斬った刺客と対決しなければならないのである。

六

道中の手形や路銀はその翌日に届けられ、嫁の布佐が旅に必要な矢立《やたて》、手拭い、鼻紙、巾着《きんちゃく》や薬などのこまごましたものを用意してくれたが、その日も次の日もなんの連絡もなかった。

中老の屋敷は見張られているとのことなので訪問もならず、ひたすら待つだけである。修一郎には事情を話したが、布佐や権助には江戸に軍鶏を譲り受けに行くとだけ言ってあった。

軍鶏たちを見てまわりながら、これが見納めになるかもしれぬと源太夫はぼんやりと考えていた。弥一郎に会ったことは知られていないはずだが、急な出立が疑われる可能性がないとは言えないし、ことと次第ではぶじに帰れぬこともあり得る。

矮鶏《ちゃぼ》がせわしない動きで、こぼれ餌を拾い喰いしていた。

源太夫は勢右衛門にならって、軍鶏の卵を抱かせるために矮鶏を放し飼いにしている。軍鶏の雌鶏《めんどり》は腰高で翼がちいさいために卵を産んでも孵《かえ》せないが、矮鶏は脚が短くて翼がおおきく、八個から十個もの卵を楽に温めることができた。

矮鶏と軍鶏は、これがおなじ鶏かと信じられぬほど体型がちがう。軍鶏には跳躍力はあっても空を飛ぶことはできないが、矮鶏は危険が迫れば屋敷の屋根くらいは簡単に飛び越えてしまうのである。

脚が短くきょときょとした目の矮鶏は、揉み手をしながら客の顔色をうかがう商人のようであり、傲然《ごうぜん》と胸を張って歩く軍鶏は武士のように見えないこともない。

勢右衛門は軍鶏にそっくりだったし、軍鶏に関してはどのようなことでも知っていた。なにを訊ねてもいやがらずに教えてくれ、しかも答は明快で簡潔、実にわかりやすかった。

力の差があれば勝敗は簡単に決するが、同程度の力量だと、軍鶏は人が引き離さなければ闘い続ける。おおきく口を開けたままで、ふらふらになりながらも攻撃を中止しようとはしないのである。

「どうしてそれほどまでに、死に物狂いで闘えるのでしょう」

「血だな」言下に隠居は断定した。「だれも教えぬのに闘うのが軍鶏だ。軍鶏の目は遠眼鏡をさかさに覗いたようになっており、どのような相手であろうと、おのれよりずっとちいさく見える。だから、へいきでつっかかるのだ」

嘘か本当かはわからぬが、なるほどと思わせるだけの説得力があった。鶏合わせでは羽毛が飛び散るし、血まみれになることもある。とりわけ美しく頸をおおう蓑毛が損なわれて肌が剝き出しになるのが、若い新八郎には残念でならなかった。それをもらしたときにはこうだ。

「強い軍鶏こそ美しい。強い軍鶏は体の釣り合いがとれているので、その体をおおう羽毛も美麗だ。艶《つや》もいい」そう言って真顔になり、まじまじと新八郎を見た。「わしが、喧嘩を見たいというだけで軍鶏を飼っておると考えていたのか。ちがうな。美しい軍鶏を得たいがために、強い軍鶏づくりに励んでおるのだ」

隠居に会えるだろうか。命にかかわる重要な役目である。ぶじにはたせればその程度の余禄は期待してもいいのではないか、ふとそう思った。

呼びかけられて振り向くと、布佐のうしろに頭ひとつ以上おおきな男が立っていた。嫁は頭をさげて姿を消した。

「よう」白い歯を見せて男は笑った。「ひさしぶりだな」

「精十郎！ いまお父上のことを思い出していたところだ。こんな偶然もあるのだな」

見れば秋山精十郎は、打裂羽織《ぶっさきばおり》に袴《はかま》という旅のこしらえである。袴はかなりくたびれていたし、全体の雰囲気に昔日《せきじつ》のさわやかさが感じられない。いや、どことなく崩れた印象を受けたのであった。

源太夫の視線を感じたのか、精十郎は弁解じみた言いかたをした。

「野暮用でな。ま、それも片づいたが」

「おいおい、野暮用はなかろう。野暮用のために百五十里の旅をする者はおるまい」

「だから、野暮用なんだよ。江戸者にくどくど訊くものではない。それより再会を喜んではくれんのか。あれから何年になる、おまえが江戸を離れて」

「十年はとっくにすぎておるが、まだ十五年にはならぬかな」

「十何年ぶりの再会だ。ちったぁ、うれしそうな顔をするがいいじゃないか」

「ともかく、よう思い出してくれた」

「軍鶏好きな侍がいるというので、まさかと思って名を訊いたら岩倉だという」

「名誉なことに、軍鶏侍なぞと呼ばれておってな」

精十郎は快活に笑い、若き日の面影《おもかげ》がいくらかよみがえったような気がした。

日が翳《かげ》ってきたので母屋に入り、精十郎が足を洗う湯を使っているあいだに、源太夫は布佐に酒の用意を命じて自室にもどった。

精十郎が隠居部屋に入ると、すぐに布佐が茶を運んできた。

「江戸にいたころの道場仲間で、旗本の秋山精十郎どのだ」

「と申しても、三男坊。部屋住みの穀《ごく》つぶしでな」

「父上がわしの軍鶏の先生だった」

「そうでございましたか」布佐はていねいに辞儀をした。「では、ごゆるりと」

「旅ごしらえのようだが、急ぐのか」

「用も済んだし、そろそろもどろうかと思う」

「ちょうどよかった、おれも近く江戸に出る」

「いつ？」

「早ければ、あすかあさってになるかもしれん」

「きまっておらんのか」

「まあな。いずれにせよ今夜は泊まれるだろう。酒の用意をさせている」

精十郎は泊まることになったが、どうやら宮仕えではないらしい。旗本にしろ藩士にしろ、許可を得ぬかぎり勝手な外泊は許されないのである。

「ご隠居は健在か」

「死んだ」

源太夫は絶句した。

二人が知りあったのは十九歳だが、精十郎が三男坊なので、それから判断して勢右衛門は四十代の半ばだと思っていたのである。ところが精十郎は勢右衛門が四十二の大厄の歳に生まれ、長兄とは一まわり、次兄とは十歳も差が開いていた。しかも勢右衛門が下女に産ませた子だったのである。

精十郎に翳りのようなものが感じられるのは、そのためかもしれない。

当時は暗さなど微塵もまとってはおらず、快活ですがすがしく、表情にも話しかたにもさわやかさがあふれていた。おそらく勢右衛門は、四十を過ぎて生まれた三男坊を溺愛したと思われる。父親の死によってその庇護《ひご》が受けられなくなったとき、世間の荒波が一気に押し寄せたのだろう。

修一郎があいさつに現われ、いっしょに布佐が酒肴を運んで来た。二人が去ると、源太夫と精十郎はしばらくのあいだ黙々と酒を飲んだ。

源太夫は勢右衛門が生きていれば還暦前後だと思っていたのだが、屋敷を訪問したとき、すでにその歳だったのである。酒が入っていくらか陽気になった精十郎は、源太夫の勘ちがいをひとしきり笑ってから呟いた。

「たしかに親父は若かったな。なぜだかわかるか、新八郎」源太夫が首を振ると、精十郎は白い歯を見せた。「隠居したからだ」

「おれも隠居になった」

「どうりで若いと思ったよ。親父は世間のわずらわしさに背を向けて、好きな軍鶏だけに生きたのだ」

「おれとおなじだ」

「なぜに隠居したかは訊かなかったのか」源太夫がうなずくと精十郎は続けた。「親父の朋輩《ほうばい》同士が泥酔のあげく些細なことで口論となり、抜刀するはめになった。一人は絶命し、もう一方はその場で腹を切った。親父は二人の友を一度に失い、むなしくなったのだろう、兄に家督を譲って隠居した。世の無常を感じたのなら、坊主にでもなればよかったのにな」

「ところで、……軍鶏はどうした」

「おいおい、軍鶏のことしか頭にないのか」

「いや、そういうわけではないが」

「売ったよ。親父が死ぬと、何人もの軍鶏きちがい、……いや軍鶏好きが譲ってくれとやって来たさ」精十郎は江戸者らしい、軽い口調で言った。「まるで死ぬのを待っていたように感じられて、しゃくにさわったので吹っかけてやった。言い値で買いやがるのよ」

言いかたからしてよほど悔しかったらしい。思いがけない高値で売れたが、精十郎は全額を自分の懐に入れた。

父の死ですべてが変わり、下女の腹である精十郎に対して、肉親だけでなく使用人までもが掌を返したように冷淡になったのである。

世間はさらに冷たかった。嫡男《ちゃくなん》か否かによって、天と地ほどの開きがあるのが武家である。その上、相続権の有無で、おなじ兄弟でも主従のような差が開いてしまう。冷飯喰いと呼ばれる次三男は、早くからその壁にぶつかってすねてしまい、「飲む、打つ、買う」に走ることが多い。

追い打ちをかけるようなできごとが起こった。まとまりかけていた養子縁組が、父親の死によって空中に浮いたままになり、やがて立ち消えになったのである。背後に兄や嫂《あによめ》の悪意を感じた精十郎は屋敷に寄りつかなくなり、博奕《ばくち》にのめりこんだのであった。

源太夫が便りを送っても、いつの間にか連絡がとれなくなったのは、精十郎が屋敷を出たからだろう。肉親にすれば、届けようにも居場所がわからなければどうしようもないし、わかっていても届ける気はなかったかもしれない。

「世の中、思ったようにいかぬものだな」

「新八郎のように、天気のいい日にそよ風に吹かれながら草原を歩いているような人生なんて、例外だろう」

「おれにだっていろいろあった。そう、ばかにしたものではないぞ」

二人が笑っているところに布佐が来客を告げたので、源太夫は居室を出た。

客は中老の陪臣である。屋敷が見張られているので、出入りの呉服屋にたのんで手代と小僧に来てもらい、着物を借りて変装したのだという。反物に書簡を包んで持ち出し、呉服屋が店仕舞いをしてから抜け出したのであった。これから店にもどって泊めてもらい、明日ふたたび手代と屋敷に行って入れ替わるのだという。

酒が入っているので、源太夫は貴重な品を修一郎に預けた。明朝は明け六ツ（六時）に起きて五ツ（八時）に出発すると息子に告げてから、源太夫は部屋にもどった。

「六ツに起きて五ツに発つ」

肘枕をしている精十郎にそう言うと、相手は欠伸《あくび》を嚙み殺しながら訊いた。

「つごうはついたのか」

「早めることにした。精十郎がいっしょのほうが心強いからな」

横になってしばらくして精十郎が訊いた。

「ヤットウのほうはどうなんだ」

「道場にも無沙汰だ。帰国してあいさつにだけは行ったが、木太刀《きだち》を握ったこともない」

「あれだけの腕がもったいないではないか」

「とっくに錆《さ》びてるよ」

「軍鶏を飼っているというので、新しい工夫でもしているのかと思ったが」

七

翌朝、源太夫と精十郎は家を出ると、町家と下級藩士の組屋敷が混在した中ノ丁を抜け、掘割に沿って下流に向かった。巴《ともえ》橋を渡ると常夜灯の辻で右に折れ、真南に堤防への道をとる。陽光にはやわらかさが加わったようだが、道端の蒲公英《たんぽぽ》や蓮華《れんげ》草はまだ用心ぶかく縮こまったままで色も濃い。道に並行する用水には、ほとんど動かない鮒《ふな》の姿などが見られた。

半刻（約一時間）ほど歩いて堤防にぶつかり、ゆるく長い坂を土手上の道へと登って行く。登りきると、源太夫は立ち止まって精十郎に声をかけた。

「ここからの眺めがなかなかのものでな」

振り返ると、朝の光を受けて輝く天守の白壁がまっ先に眼に入る。毎日のように仰ぎ見て育った源太夫には、天守に対して畏敬に近い思いがあった。それは四十歳になった今でも変わることがない。

堤防は巨大な蹄鉄《ていてつ》に似て、花房川《はなぶさ》をいっぱいに山際に押しやり、その内懐に広大な水田地帯を抱きこんでいた。堤防を下流に八町ほど歩くと番所があり、その先に川を跨《また》いで高橋《たかばし》が架けられている。

まともな橋はその一本だけであった。

上流に一つと下流に三つの橋があるにはあったが、それらは流れに杭を打ちこんで、幅が二尺（約六十センチ）にも足らない板を互いちがいに渡しただけなので、ちょっとした出水で流されてしまう。板は丈夫な麻縄で繋がれて川岸の巨木や岩に結びつけられ、水位がさがれば架けなおすのである。

花房川を天然の外濠と見立てた初代藩主の、城下造りの構想のみごとさを自慢したかったのだが、精十郎は興味がないのかすたすたと先を行く。背丈があるので歩くのも速い。源太夫は苦笑しながらあとを追った。

対岸の道を日輪に向かって進むと、六地蔵を祀《まつ》ったちいさなお堂があったり、山裾の黒々とした巨木群の下に細工物のような鳥居が見えたりする。そのあたりも園瀬藩の領内なのだが、堤防に囲繞《いにょう》されたお盆のような平地とはちがって、高低があり、道は蛇行《だこう》し、丘の裾をめぐり、あるいは切り通しを抜けたりして変化に富んでいた。

昼は峠下の茶店で茶をもらって弁当を開いた。布佐がつくった握り飯で、海苔《のり》を巻いたもの、梅干入り、焼きお握りと変化をつけて、沢庵《たくあん》が添えてあった。

精十郎が握りの一つをまえに、とまどったような表情を見せた。黄粉をまぶしたもので、源太夫たちは食べなれていたが精十郎は初めて眼にしたのだろう。長身で苦み走った顔の精十郎がためらっているのを見て、源太夫は思わず笑ってしまった。

なにかが起きるとすれば国境《くにざかい》の般若峠《はんにゃ》まででであろうと、源太夫は考えていた。

五人の武士があとから来るのに気づいていたが、尾行だとすればあまりにも無神経であるし、存在をわざとチラつかせているのだとするとその意図が判断しかねた。

般若峠の番所を越えたが、あいかわらず五人は一定の距離を保ってついて来る。低い山の間隙《かんげき》を縫うちいさな谷川に沿っているので、道はだらだらとゆるい下りになり、見え隠れしながら続く。四半刻ばかりは人家もほとんどなく、行き交う者もいない田舎道である。

そのころには、五人の武士は稲川が放った者たちではないと源太夫は確信していた。中老の新野が、ぶじに最初の宿に着くのを確認させるために命じたのであろう。書簡と命をねらうのであれば、あのようなまぬけな行動をとるはずがないからである。

「ちと目障りだな」精十郎が言った。「すこしからこうてみるか」

言うなり精十郎は駆け出した。源太夫も従ったが、背後の連中がうろたえて追ってくるのがわかった。素手でも充分にあつかえる相手のようだ。精十郎が刀を抜くようなことがなければいいがと、心配をしたほどである。

精十郎が岩の蔭に体を隠したのを見て、源太夫も道を挟んだ反対側の樹の幹をまわりこんだ。

若い侍ばかりである。二人のまえを走りすぎて姿を見失ったことに気づき、つんのめるようになって停止した。

「おい、こっちだ」

精十郎はゆっくりと道に出た。おなじように源太夫も樹の蔭から歩みだした。思ったとおり新野の手の者である。一人が精十郎を指差しながら言った。

「その男が何者かごぞんじですか」

「ああ、藤井卓馬と松川勇介を斬った男。家老の刺客だ」

源太夫の言葉にとまどったらしく、若侍たちは顔を見あわせたが、うちの一人が言った。

「だとすれば、なぜに」

羽織を脱ぎ捨て、刀の鯉口《こいぐち》を切ろうとする若侍たちを、源太夫は制した。

「この御仁はわしの江戸での道場仲間でな。藩は出たのだから、家老とは手が切れた。昔話に花を咲かせながら、江戸までゆかいに二人《ににん》旅をするつもりだ」

「そういう男ではありません」

「そのとおりだ」精十郎が言った。「新八郎が相手になると知っていれば受けなかった仕事だが、引き受けてしまったのだ。前金を受け取ったからには、ではこれでと幕引きにするわけにはゆかぬ。ところで新八郎、おぬし、どこで気づいた？」

「卓馬を屠《ほふ》った刺客が、低い姿勢に移って走り抜けたと聞いてな」

精十郎はにやりと陰惨な笑いを浮かべた。

「新八郎なら気づくと思って、謎をかけておいたのよ」

「家老が蹴殺しを知っていたので、あるいはと思った。あのおり、隣室にひかえていたのだろう」

「ああ」

「しかし殺気は感じられなんだ」

「引き受けなければ斬れ、とは言われなかったのでな」

「しかし、言うに事欠いて野暮用はないぞ」と源太夫は笑った。「この南国への長旅だ。船にしても、何日も風待ちをしなければならんこともある。それはともかく、いくらでも機会はあったのに、なぜ斬ろうとせなんだ」

「あのころの腕のままか知りたくてな」

「不安だったのか」

「いや、腕を落としておれば斬ってもむなしかろう」

「で、地を這うように低い姿勢で駆け抜けながら卓馬を斬って、おれが気づくかどうか鎌をかけたわけか」

「体を見て安心した。国に帰ってからは木太刀を握ったこともない、などと言いながら、腕を落としていないのがわかったのでな」

「止むを得ないか」

「これが定めだったということだろう」

五人の若侍たちが一斉に刀を抜いた。

「よせよせ、歯が立つ相手ではない」若侍らを制してから、源太夫は精十郎に顔を向けた。「園瀬藩などという小藩の帰趨《きすう》には興味がなかろう。おれを倒せたなら、黙って江戸に帰ってくれ」

　精十郎はうなずいた。

「絶対に手を出すな」源太夫は若侍たちに命じ、続いて精十郎に言った。「おれを倒せても、こいつらは斬るなよ」

「歯向かいさえしなければな」

　一瞬にして空気が張り詰めた。二人は飛び退り、六間のあいだを置いて対峙《じさ》した。

　源太夫は若侍たちを背に、ゆるい斜面の下側に位置している。闘いでは不利な位置取りであった。それを意識してか、上背のある精十郎は上段に振りかぶった。源太夫は相手のようすをうかがいながら八双に剣を引きつけ、滑るような動きで一気に間合いを半分にまで縮めた。

　そして長い膠着《こうちゃく》状態がやってきた。

　源太夫が使う蹴殺しがどのような技であるかを知っているのは、精十郎だけである。が、源太夫は動揺しなかった。剣に生きる者は、編み出した技が破られるかもしれぬあらゆる状況を想定して備えるものだ。

　精十郎は源太夫が蹴殺しを編み出すのに協力してくれた。剣士であれば当然のように、それを打ち砕くことに心血を注ぐだろう。蹴殺しを使えば命取りになる。やはりその身を伏せるようにして前進し、突如、精十郎はおおきく伸びあがった。手できたかと、源太夫は瞬時にして動きを切り替えた。精十郎の攻めは、二人で編み出した蹴殺しを封じるための、もっとも効果的な動きである。源太夫は逃げずに、上段に振りかぶりながら相手が振りおろすよりも早く小刀を抜き、太刀で精十郎の打ちこみを受けると同時に、小刀で首の血の管を斬り裂いた。あとは相手の太刀の切っ先を肩に受けぬために、鞠《まり》のように弾んで精十郎の脇を擦り抜けたのである。

残心の構えをとった源太夫は、体を伸ばしきって大地に叩きつけられるかつての友を見た。

走り寄って抱きあげると、精十郎はむりに笑おうとしたようである。

「蹴殺しで来るとばかり思っておった」

「待たれていては使えまい」

「おれが敗れた理由が納得いったよ」

笑顔を見せようとしてか、精十郎は力なく顔を歪《ゆが》めた。口の周囲にわずかだが、昼に食った握り飯の黄粉がついたままであった。

八

園瀬藩では毎月、二の付く日を式日としている。二日と十二日には家老、中老、月番の物頭が評定所で政務の打ちあわせをおこなう。そして二十二日には、その顔触れに非番の物頭、目付、三奉行の要職が加わり、大評定が持たれることになっていた。

藩主九頭目隆頼が参勤交代で帰国後の、最初の大評定は四月二十二日におこなわれた。隆頼だけでなく、その腹ちがいの兄で、年寄役から裁許《さいきょ》奉行に落とされて出仕もせずにぶらぶらしていた九頭目一亀《いっき》も出席した。出席したばかりか、大評定を取り仕切り、筆頭家老の稲川八郎兵衛がほとんど反論もできないうちに、藩の執政を無血のままに交代させてしまったのである。

一亀は年寄役にもどり、中老の新野平左衛門が家老に昇格した。一亀と新野は、藩政を刷新させるため思い切って若手を登用し、新野の右腕とも言える芦原弥一郎は中老となった。

これといった動揺も、政変につきものの殺傷沙汰も起こらずに中枢の交代劇は静かに幕をおろした。ひとつには派閥を解消の方向に向けたいとの藩主の意向から、表立った論功行賞や稲川派に対する罰を行使しなかったということが挙げられるだろう。稲川派であっても報復人事は受けず、左遷《させん》されるとか閑職にまわされた藩士も特にいなかった。

目立った処分は首謀者の二人だけである。加賀田屋との癒着によって莫大な賄賂を得ていた稲川八郎兵衛は家禄をとりあげられ、財産は没収、妻子は領外追放となった。八郎兵衛本人は、花房川のずっと上流にある雁金《かりがね》村に蟄居《ちっきょ》を命じられた。

稲川の懐《ふところがたな》刀と称された林甚五兵衛には、百石の減石および一年の閉門が言い渡された。寛大すぎるとの声もあったが、結果としては恨《うら》みや不平を残すことなく、藩を平穏へと導くことができたのである。

源太夫が江戸に届けた書簡が、藩主の改革のためにはおおいに役立ったのだが、それによって家禄が増やされたり報奨がくだされるとは、本人も考えてはいなかった。そして現実に、なにごとも起こりはしなかった。

目付から中老に昇格した芦原弥一郎から呼び出しがあったのは、政変から半年以上も経った十一月も終わりのことである。弥一郎は讃岐《さぬき》と名を改めていた。

「今回のそなたの働きについては殿の覚えもめでたい、というところだが、二人きりのときは気楽にいこう」数ヶ月のあいだにさらに丸くなった讃岐は、子供のように眼を輝かせている。「来てもらったのは、棚上げになっていた道場の件でな」

「それについては、お許しが得られなかったはずだ」

「どうやら、勘ちがいしておるらしいな。時期尚早《しようそう》ゆえ暫時《ざんじ》まつべし、というのが殿のお考えだった」

あのおりは道場を開く資金も用意していたのだが、かなわぬと知って持ち金の半分は息子に渡してしまったのである。

「殿が許されると申しておられるのだ。屋敷を与えられた上に、道場も建ててくださる。ただし条件があるぞ。藩士の子弟に剣を教授するよう、殿は望まれておる」

「ありがたいお言葉ではあるが」

「活計《たつき》の心配か？　束脩《そくしゆう》が期待できぬありさまでは、生活が成り立たぬと心配しているのだろう。藩の将来を背負う子弟に剣を教えるのだ。当然禄はくだされる。藩の道場ゆえ、原則として束脩はないが、持ってくれれば拒まなくともよいぞ。もらえるものはもらっておけ、ということだ」中老は真顔で言った。「こたびのごたごたで、もっともいい思いをしたのは、どうやら新八郎のようだな」

花房川の岸の石に腰をおろした源太夫は、釣り糸を垂れて浮子《うき》を見ていた。園瀬の里は光輝にあふれて、眼を細めなければくしゃみをもよおしそうなほどまぶしい。

芦原讃岐の屋敷からもどったとき、源太夫は気が滅入《めい》っていた。

ようやくのことでおのれの心をなだめ、軍鶏だけを相手に生きていこうと決心したときをねらって、世塵《せじん》にまみれさせられたという気持が強かった。日溜まりに置かれた居心地のいい座布団をとりあげられた、猫のような気分である。

憮然《ぶぜん》とした顔をした源太夫を見て、修一郎と布佐はひどく心配したようだ。

それは名誉なことではありませんか、と聞き終えるなり息子は愁眉《しゅうび》を開いた。道場開きが許されなかったときに悲憤慷慨《ひふんこうがい》した修一郎にすれば、当然のことだろう。ところが布佐までが、ぜひお受けしなければと顔を上気させたのである。

「受けるも受けないもない。これは命令だ」

「では、なにが気に入らないのですか」

「わしにも事情というものがある」

「禄の少ないのがご不満ですか。しかし、それは止むを得ないと思います」源太夫が黙っているので修一郎は続けた。「おだやかに収めようとしたので、論功行賞を極力抑えたのです。半年もすぎてお許しが出たのは、お父上お一人が特別なあつかいを受けたという印象を残さない深慮であったと思われます。家禄をこの家以上にも同等にもせず、すくなくしたのも不必要なやっかみを呼ばぬためでしょう」

そんなことではない。侍というだけで友を斬らねばならなかったのである。

精十郎にしても、刺客を請け負わねばならぬについてはよほどの事情があったはずだ。それを聞いてやれなかったという悔いが、根強く残っている。それもこれも武士なんぞであったからこそだ。

その武士に逆もどりせねばならないのである。しかし修一郎の顔を見ていると、自分の心のうちをわからせることなど、とてもむりだと思った。

「軍鶏がご心配でしたら、権助をお連れなさいませ」

布佐が遠慮がちに言うと、修一郎が待っていたように相鎚を打った。

「ああ、それがよろしい。こちらは新しく雇いますから」

「それよりも、身のまわりのお世話をする人がいなくては、ご不自由でしょう」

修一郎と布佐はわがことのように熱心であった。いや、わがことなのである。修一郎のこだわりは思ったよりも強いようだ。

大旦那さまが軍鶏といっしょに江戸からおもどりになられ、と権助が言ったことがあるが、まさにそのとおりであった。ねがい出て江戸にとどまったのに、帰郷に際して、源太夫は土産《みやげ》ひとつ買って帰らなかったのである。持ち帰ったのは、人を人とも思わぬ目をした軍鶏の雛だけであった。

妻のともよは急激に無口で陰気になっていった。鶏糞の臭いや啼《な》き声で頭痛がすると言ったが、亭主が好きなものは妻も当然好きになるはずだと、源太夫はその程度にしか考えていなかったのである。

日向道場の師匠には相手の心がわかりすぎるのであろうと言われたが、それは道場のみにかぎられていたようだ。同年輩の道場仲間、そして剣の練習試合に関してだけであったのだろう。

長年、離れ離れに暮らしてはいても心は結ばれているという思い、それがともよから一気に失われたのが最大の原因だと今ならわかるが、後の祭りであった。

ともよは寝部屋を別にし、息子にだけ期待をかけるようになったが、修一郎が十歳のとき風邪をこじらせてあっけなく死んでしまった。

息子はおとなしくて礼儀正しいが、どこかに一線を引いて、それ以上は近づかないようにしている気配がある。源太夫が母の命を縮めたと思っているのであろうか。

「権助を連れて行ってもいいのか」

源太夫がそう言うと、息子たちの顔に安堵の色がひろがった。この溝は埋めることができそうにないが、それも自業自得である。

考えてみれば、人が人として生まれた以上、人とかかわらずに生きてゆこうと考えることと自体がむりなのだ。その答が得られるまでに、ずいぶんとまわり道をしてしまったものである。

新しく与えられた敷地は、母屋に道場を併設する関係でかなり広かった。建築の進みぐあいを見に行って新しい木の香をかぐうちに、源太夫の心にはしだいに希望らしきものが芽生えはじめていた。

キーッという鋭い声に目を向けると、対岸の榎《えのき》の横枝で、百舌《もず》が尾羽をゆっくりと上下させていた。長い間、流れに目をやっていたので、急に対岸に目を向けたため、視野が逆方向に流れるように見える。

秋山精十郎は、死に場所を求めて園瀬にやって来たのではないだろうか。

突然、その思いが心をとらえた。するとさまざまな出来事が脳裡に去来し、たちまちその思いは確信に変わってゆく。

旗本の秋山勢右衛門が下女に生ませた精十郎は、かれを溺愛していた父の死とともに世間に投げ出されてしまったのである。二人の兄をはじめとして、周囲の者から冷遇あるいは無視されたかれは、養子縁組が立ち消えになったことで、将来に対する夢や希望を根こそぎ奪われたのだ。

家に居つかなくなれば、たちまちにして喰うに困っただろう。そこで剣の腕で生きる道を選ばざるをえなかったが、かといってまともな生き方はできない。用心棒などをして糊口《ここう》をしのぎ、金で雇われて裏街道を歩んだはずである。

裏の世界で剣名を高めた精十郎に、稲川一派が接近したのは、単なる偶然ではなかったかもしれない。そして精十郎は、園瀬という言葉を聞いて話に乗ったのだろう。

江戸から遥か百五十里も離れた南国の園瀬。そこには、ともに道場で汗を流した岩倉源太夫がいる。しかも源太夫が蹴殺しを編み出すのに、その完成までつきあったのだ。

腕におぼえはあっても、それを正しく活《い》かす道を断たれた精十郎は、源太夫とおなじくすでに初老であった。このような日々がいつまでも続けられるわけではないし、その先に見えているのは老いを迎えてのぶざまな死だけである。

だから精十郎が園瀬を死に場所に選んだとすると、かれは源太夫の蹴殺しと対決したかったのかもしれない。腕が衰えぬうちに、剣士としてどこまで力が通じるかを試したかったと思われるのだ。

それは源太夫にとって、もはや確信であった。とすれば、おれは蹴殺しで応じるべきであった、と源太夫は気づかぬままに友を裏切ってしまったことを後悔した。

「軍鶏道場にしようと思う」

「おれも軍鶏道場にきめた」

振り向くと、土手道を少年たちが歩いて行く。おれなどと一端《いっぱし》の物言いをしているが、年格好からしてせいぜい七、八歳くらいであろう。

「日向道場の小高根《おだかね》さんが一番強いよ」

「ああ、このまえの御前試合で七人抜きしたからな」

「それは、岩倉さんが出なかったからだ」

入門して年少組に入る年頃の少年たちが、道場選びを話題にしているのである。

小高根というのは、源太夫と入れちがいに日向道場に入門した小高根大三郎《だいさぶろう》のことであった。馬廻《うままわり》組頭の三男坊である。日向主水に跡取りがいなかったために養子となって、二代目の道場主に納まっていた。

源太夫もその試合は見たが、真正面から向かってゆく格調の高い堂々たる剣であった。相手の弱点を一瞬にして見抜く天性の勘をそなえた、背筋の伸びた正統的な技の持ちぬしで、そこが下駄の師匠のお眼鏡に適ったにちがいない。小細工をするな、基本に徹すればかならず腕はあがる、というのが主水の信条であった。

道場開きも終わっていないのに話題になっている。それも岩倉道場ではなく、軍鶏道場という通り名で呼ばれるということは、それだけ親しみをもたれ、期待されているということだろう。気持がいくらか明るくなった。

浮子が沈んだのであわせると強い手応えがあり、釣りあげると八寸（約二十四センチ）はあろうかという真鮒である。

丸々と肥《こ》えた鮒をまえにして、源太夫は思案した。はて、人が食すべきか軍鶏に与えるべきか。権助が、「そろそろ卵を抱かせましょうか」と言っていたが……。

竿に釣り糸を巻きつけ、魚籠《びく》をさげて源太夫は坂を登って行った。

堤防に立つと園瀬の里が一望できる。城下のあたりは霞《かす》んでいるが、天守の白壁が聳《そび》え、武家屋敷が鈍《にび》色の家並みを見せていた。

軍鶏が先だな、人はあとだ。

今にして思うと、四十やそこらで隠居しようなどとよくもねがい出たものである。おれは生まれ変わった。軍鶏と釣り、そして剣三昧《ざんまい》に、これからは人生を存分にたのしんでやる。魚籠の重みが源太夫の気持を浮き立たせた。

沈める鐘

一

富田町にある小料理屋「たちばな」は、少禄の藩士やお店者《たな》が利用する店で、鰻《うなぎ》の寝床のように細長い店は土間と小座敷に分かれていた。畳敷きの座敷といっても三畳か四畳半の手狭なものだが、衝立《ついたて》ではなく一応壁でさえぎられているので、通路側の障子を閉めれば店のざわめきも弱まり、大声を出さないかぎり会話を聞かれる心配もなかった。

「お呼び立てして申しわけありませぬ」銚子《ちようし》と小鉢をおいて小女《こおんな》がさがると、清水《しみず》均之介《きんのすけ》は源太夫の盃に酒を注ぎながら弁解めいた口調で言った。「お宅におうかがいしてもよかったのですが、このような話は、ちと」

そう言って言葉を切った。源太夫は黙っていたが、嫁の布佐がたのみこんだのであろうと、用向きの察しはついている。

「今日、堀江《ほりえ》丁の新宅を拝見しました。お屋敷も広く、立地的にも申し分ありませんな」

堀江丁は掘割に面した一角で、岩倉源太夫の道場が建てられている町であった。調練の広場に近く、敷地の左右は空き地となっているので、剣術を教えるには町中よりも好都合である。

「軍鶏《しゃも》にもよいようでな」

苦情が持ちこまれたことはないが、七ツ（午前四時）には一番鶏が刻《とき》を告げる。鶏糞は権助がこまめに処理しているので、天気であれば問題はないものの、雨が続くと鼻孔にまとわりつく、じめじめと湿ったいやな臭いを発した。近所には迷惑がっている者もいるかもしれない。

均之介は盃を空けると、ちょっと考えてから手酌で注ぎ、じっと盃の内を見ていた。布佐の長兄である普請方書役《かきやく》の均之介は二十五歳の、実直だけが取柄の男である。

「この際、思い切って後添いを」源太夫が眼を剝《む》くと、均之介はあわてて付け加えた。「やはり世話をする者がおりませぬと、なにかとご不自由でありましょう」

下男の権助がたいていのことはやってくれるので、あとは婆さん女中でも雇えばことは足りると源太夫は考えていたのである。とんでもない、と均之介は言った。道場主となるのだから弟子の指導で多忙となり、家事を取り仕切る妻女がいなくては、とてもやってはゆけない。是が非でも後妻をもらわなければと、あとに退《ひ》く気配はまるでない。

「修一郎どのも安心でしょうから」

安心なのは息子よりも布佐だろうと思ったが、源太夫は黙っていた。なにもそう大袈裟に構えなくとも、身のまわりの世話などだれがやっても変わりはあるまいというのが本音である。

「かように申すからには、心当たりがございます。それがしにしても、当てがなくてこのような場所に足を運んでいただくというわけにはまいりません」

「お心使いはありがたいが」

源太夫は腰を浮かそうとした。

「ともかく、話だけでも聞いていただけませぬか」

でなければなにがあっても引きさがりませんぞ、と眼が訴えている。しかたなく源太夫は坐りなおした。

「みつと申して二十八になります。器量はひかえめに見て十人並みというところですが。……いや、正直申してなかなかの女子《おなご》です」

源太夫が帰ると言い出すのではないかと不安らしく、均之介は早口になった。

みつは武具方武藤六助《むとうろくすけ》の三女で、十八歳でおなじ武具方の立川彦蔵《たちかわひこぞう》に嫁いだ。彦蔵は二十五歳で年は離れていたが、飲む打つ買うには縁のないまじめな男なので、武藤家では良縁だと喜んでいたという。

しかし八年添って子が生まれなかったので離縁され、実家《さと》にもどっていた。彦蔵はみつを離縁してほどなく後添いをもらったが、相手はすぐに子を生《な》している。嫂《あによめ》は四人、上の姉は五人、二番目の姉は三人とそれぞれ子宝に恵まれているので、辛い思いをしているらしい。

みつはたのまれて着物を縫ったり近所の娘に裁縫を教えたりしているが、出もどりでしかも子供が産めない体ということもあって、縁談もまとまらない。たまに、それでもいいから後妻にとの話もあったが、ひどい酒乱であったり、暴力をふるって何人もの女を逃げ帰らせたというような男ばかりであった。

「岩倉どのならと家の者も乗り気でござる。もちろん、本人も喜んでいると思いますが」

「思いますが？」

「いや、ひかえめな女子でして。それに一度しくじったということで、ひっこみ思案なところもあり、……ただ、それがしの受けた感触では、かなりの期待をかけていること、まちがいござらぬ」

書役は記録を執《と》ることばかりをやっているためか、人に気持を伝えるのが苦手《にがて》なようである。これでは説得ではなくて弁解ではないかと、源太夫は苦笑した。

「いやいや、心根のやさしい、いい女子ですぞ。遠縁なので身びいきしていると取られるかもしれませんが、この点につきましては、嘘いつわりはございません」

ひかえめに見て十人並みだと言っておきながら、心根のやさしさを強調されると、容貌がよくないと思わざるを得なかった。男である以上、容姿が気にならぬと言えば嘘になるが、かといってそれについて問うこともできない。源太夫が黙っていると、均之介は顔に困惑の色を浮かべた。

「……もっともおおきな欠点がありますから、二の足を踏まれるのはわからぬでもないですが」

「欠点?」

「申しましたように、みつは石女《うまずめ》です」

源太夫はまじまじと均之介を見た。

「それがいかがいたした」

相手は源太夫の言った意味がわからないのか、まごついているようである。

「みどもを何歳とお考えか。四十一ですぞ」

「十分に若うございます」

「なにゆえに、いまさら子をつくらねばならんのか。よろしいか、均之介どの。倅には三歳になる佐吉《さきち》という跡取りがおる。そなたにとっては甥、みどもには孫です。子供を産める産めないが障《さわ》りになると思われるのか」

「であれば、なんの問題もないではありませぬか」

駆け引きの術《すべ》をまるで知らぬとみくびっていたが、均之介はそう見せながら自分の用意した陥穽《かんせい》へと、源太夫を巧《たく》みに誘導していたのである。

「では、このお話、進めさせていただきます」

「待たれよ。それがし隠居の身でござる。このような重大事は、倅とも相談しなければなりますまい」

「ごもっとも」と、嫁の兄は鷹揚《おうよう》にうなずいた。「じっくりと、心ゆくまでお話しくだされ」

即答は避けたが、再婚話は布佐が兄の均之介にたのみこんだらしいということがわかっている。当然、修一郎も同意見だと思わねばなるまい。勝ち目はなさそうだ。

案の定、修一郎と布佐は待ち受けていた。源太夫の帰宅は五ツ半（午後九時）で、普段なら息子らはそろそろ就寝する時刻である。

予想していたとおりであった。話が済むなり、そんな結構な話はないではありませんかと口をそろえて言う。二人にとっては、世話をする者がいれば安心なのである。それに布佐は舅《しゅうと》のいない、自分たち夫婦と子供だけという家庭を築きたいのであろう。権助を連れてゆくように言ったのもそのためだと思われた。昔からいて、なにもかも知っている下男よりは、新しく雇ったほうが好都合だからだ。

もっとも原因の一部が自分にあることを、源太夫は十分に承知していた。長い江戸詰めを終えて帰国しても、妻と子をまるでかまわぬ源太夫に今は亡きともよが失望して以来、岩倉家はずっと陰気であった。

それもあってか、辛い思いをした修一郎は布佐と佐吉を非常に大切に扱っている。修一郎にその気はないのだろうが、源太夫は自分が責められているように思わぬでもない。それがわかっていて、道場を開く話をきめたのであるから、やはり今回も二人の気持を尊重するしかないようである。

「話を進めてもらうとするか」源太夫は仏頂面《ぶっちょうづら》で言った。「その女子、軍鶏が嫌いでなければよいが」

頭の片隅を、ともよの不機嫌な顔が横切った。啼き声や鶏糞の臭いで頭痛がすると言っていたが、あれは軍鶏よりも源太夫に対する拒絶だったとわかっている。とはいうものの、なぜか気になってならないのであった。

源太夫があきれるほど修一郎の動きは早く、その夜のうちに義兄の均之介を訪《おとな》うと、二人でみつの実家である武藤家に出向いて婚儀を申しこんだのである。そればかりか、暦を見て一番早い大安吉日を輿《こし》入れの日と決めてしまったが、なんと道場開きの三日前というあわただしさであった。源太夫の気が変わらぬうちにと思ったのだろうが、まさに電光石火の早業で、翌日には藩庁に届け出たのである。これでは、源太夫としても苦笑するしかない。

二

夜釣りに出かけるので先に休んでいるようにと言うと、修一郎は渋い顔になった。

「よいではないか。このあとは、勝手なまねもできぬのだからな」

「では、権助をお連れなさってください」

「今宵は望月ゆえ、提灯《ちょうちん》持ちは不要だ」

「そうはまいりませぬ。もはや隠居ではないのですから」

源太夫としては道場主となった時点で現役の藩士にもどると思っているが、その道場が建築中となれば、すでに隠居ではないと言われても致し方ない。

「わかった、わかった」

源太夫がしかたなくそう言うと、待っていたかのように背後で声がした。

「夜釣りでございますか、大旦那さま。少々お待ちを、すぐ用意いたしますので」

権助の声が浮き浮きしているのは、釣りが好きだからというのではなくて、いや釣りも好きなのだが、酒が目当てなのである。源太夫は夜釣りには、大振りな瓢簞《ひょうたん》に一升の酒を入れて出かけることにしていた。

権助を相手に気散じの他愛もない話でときをすごすのも一興であったが、今宵はちがう。独《ひと》りで川面《かわも》を見ながら、あれこれと思いにふけりたかったのである。

修一郎にはどうやら、そのあたりに対する配慮が欠けているらしい。

常夜灯の辻で折れて、真南へのまっすぐな道を主従は黙ったまま歩いて行った。時刻は六ツ半（午後七時）をすぎたころあいだろう、左手、東の空には緋盆《ひぼん》のような月があり、体の右側にくっきりと影ができている。

土手道を右手に折れると、権助が訝《いぶか》るような声を出した。

「うそヶ淵ではないので？」

源太夫の夜釣りは、たいていうそヶ淵ときまっていた。岸の榎の根方に川獺《かわうそ》が巣をかけているのでそう呼ばれるようになったうそヶ淵は、大喰らいの川獺が巣を造るくらいだから魚影は濃い。

「沈鐘《ちんしょう》ヶ淵だ」

「沈鐘ヶ淵……」

「いかが致した。恐いなら帰ってもいいぞ」

「恐くなぞありませんが」

「が、どうした？」

「鐘の音は聞こえるでしょうかね」

「まだ如月《きさらぎ》だし、しかも夜だ。聞こえはすまい。権助は風流だと思わんのか」

権助は黙ったままである。

武家方で沈鐘ヶ淵、町人や百姓が鐘《かね》ヶ淵と呼ぶその淵は、園瀬藩の盆地のほぼ真南にあった。そう呼ばれるようになった謂《いわ》れは、十年ほどまえの出来事にさかのぼる。

藩の西端に位置する雁金《かりがね》村には、寺はあったが鐘がなかったので住民は不自由していた。なにしろ貧しい村である。

雑穀さえ満足に収穫できない痩地がほとんどを占め、これといった特産物もないので、村全体が貧困にあえいでいた。雁金村ではなくて、金がねえ村だと陰口を叩かれているくらいである。富尊寺《ふそん》は、名は立派だが村とは釣り合った貧乏寺で、茅葺《かやぶ》きの屋根がすっかり傷《いた》んでも葺き替えることができないほどであった。

名前負けしたとしか思えない富尊寺に、鐘を寄進しようと申し出た商人が現われた。先の筆頭家老稲川八郎兵衛と結託し、藩一番の富商となった加賀田屋である。雁金村の下流にある袋井《ふくろい》村の荒地の開墾を請け負って利を得た商人で、その時の苛酷《かこく》な使役《しえき》でのよからぬ風評をいくらかでも緩和しようと、寺に鐘を寄贈することにしたものらしい。雁金村からも多くの村人が駆り出されたが、潤《うるお》ったのは加賀田屋と袋井村であった。

鐘を運ぶ馬車が、城からは巽《たつみ》の方角にあたる辺りに差しかかったのは、真夏の油照りの、それも真昼であった。風は、そよとも吹かず、蟬時雨《しぐれ》が降り注いでいた。

不意に馬が、脚を突っぱねて動かなくなった。

北側となる右手には花房川が流れ、南は山の斜面、道幅は一間（約一・八メートル）からせいぜい一間半しかないという狭隘《きょうあい》な場所である。馬方が進ませようとしても、馬は脚を突っ張って微動もしない。耳を絞り、鼻の穴をいっぱいに開いておびえているのである。

馬方は鞭《むち》で馬を叩き続け、尻の皮から血がにじむくらい叩いて、ようやく前進させることができた。ところが十歩も進まぬうちに川側の地面が陥没して車輪が沈み、傾いて一気に重みがかかったため縄が切れ、鐘は路肩で弾んで落ちていった。おおきな飛沫《しぶき》があがり、鐘はたちまち水中に消えた。

馬方は怒り狂い、鞭を逆に持ちかえて柄で馬を殴りつけたが、打ちどころが悪かったらしく、馬は全身を痙攣《けいれん》させて息絶えた。後悔したがあとの祭りである。利口な馬だったのだろう。路肩の弱いのに本能的に気づき、進むのを拒んだにちがいない。

馬方は働かなくなり、呑んだくれ、酔うとだれかれとなくその話をし、ほどなく酒毒が因《もと》で死んでしまった。

幸いなことに沈んだのは一丈（約三メートル）くらいの深さであったので、加賀田屋は鐘を引き揚げさせて、鐘楼《しょうろう》に取りつけたのである。ところが撞木《しゅもく》を当てると、割れた耳障りな音とか馬の悲鳴のような音しか聞こえなかった。馬の呪いだと村人は怯《おび》えたが、富尊寺の和尚《おしょう》の提唱で、馬が命を落とした淵の上にちいさな祠《ほこら》を建てて馬頭観音を祀《まつ》ると、鐘は本来の音色にもどった。

しかし、真夏の油照りの真昼時、蟬時雨の中を通りかかると、淵の底から鐘の音が聞こえることがあるという。人によっては、馬の悲鳴も聞こえるらしい。

「桜が咲こうという季節ですよ」溯上《そじょう》を始めた鰻をねらおうと源太夫が言うと、権助は首を振った。「鰻が姿を見せるのは菜の花が散ってからです」

「なにかおるであろう」

釣りそのものが目的ではない源太夫にはどうでもよかったが、権助はあきれたものだとでも言いたそうに首を振った。

「なにをねらうかによって、針も餌もちがいますからな。鰻より鯰《なまず》をねらいましょう。鯰は卵を産むころには田に集まりますが、いまごろは淵におりますでね」

そう言うと、権助は一番おおきな針に艶のある蚯蚓《みみず》をつけ始めた。

源太夫と権助は岸の砂地にいた。正面は岩場となり、その上に雁金村に続く街道があるはずだが、木々に隠れて見えなかった。

淵は鏡のようにまっ平らで、やや岩場寄りに月が映っている。その色は空にある本物よりもいくぶん青味がかっており、見る位置のせいもあるのだろう、楕円にゆがんでいた。

源太夫が深みに向けて竿を振ろうとすると、権助が制止して、ずっと浅いほうを指差した。

「そっちは膝ほどしかないぞ」

「鮎は昼のあいだは岩場にひそんでいますが、夜は浅場に出て餌を漁《あさ》るものなのです」

「権助、おまえは川漁師をやったことがあるのか」

「なにをおっしゃられます」

そっと水面におろすと、輪が同心円となって月光を銀色に輝かせながらひろがってゆき、しばらくするとふたたび鏡面のようになった。

「そろそろお注ぎいたしますか」

見ると舌なめずりしている。うなずくと下男の顔は笑みで満たされた。

この笑顔のせいだな、憎めないのは、と源太夫は苦笑した。

ちいさな瓢簞を縦に割ったのが外出用の酒器で、狭いほうを柄として使うが、なによりも軽くて便利であった。源太夫にそれを渡すと、権助は瓢簞の栓を抜いて慎重に酒を注いだ。

「一滴もこぼしてはなりませぬ」とでも言いたそうに、真剣な目をしていた。源太夫の器に注ぎおわると今度は自分の器に注ぎ、目を閉じて器に口をつけると、全身全霊でもって味わっている。

「わしにはかまわず、一人でやっておれ」

「そうはまいりません」

声が喜びで震えている。しばらくは静かになるだろうと、源太夫は水面に目をもどした。

十年という歳月が永いか短いかは別として、加賀田屋は先代が隠居して代替わりとなり、莫大な賄賂で私腹を肥やした稲川八郎兵衛は家禄を取りあげられ、財産は没収、妻子は領外追放、本人は雁金村に蟄居《ちっきょ》を命じられた。袋井村の開墾で百姓たちを苛酷に使役して恨みを買うことになった、その雁金村にである。

加賀田屋の二代目はいまのところおとなしくしているが、それで十分にやってゆける礎《いしずえ》は先代が築いていた。当分は静かにようすを見、それからじわじわと動き出すにちがいない。

そもそもの発端は、藩の財政難にあった。藩は起死回生の策として、荒地の開墾を始めたかったのだが、資金が不足するどころかまるで欠けていた。借財をすれば、長期にわたって利子に苦しめられることになる。

稲川八郎兵衛の案は大胆なもので、いっさいを商人に請け負わせるかわりに、その土地を私有地として与えるというものであった。反対意見は、広大な土地持ちを生むことに対する危惧《きぐ》が最大の理由だが、代案を出せなかったことが弱みであった。

たしかに大地主を生むことになるかもしれないが、収穫の四割は藩庫に入るわけであり、なによりも開拓が失敗したところで、藩には負担がかからないという強みがある。賛否両論で紛糾《ふんきゅう》したが、結局は数を恃《たの》んだ稲川派が強引に押し切ったのであった。

稲川と加賀田屋の癒着はいっそう強まり、それが政変への引き金になったのだから皮肉なものである。

一気に竿を持ってゆかれそうになって源太夫はあわてて握りなおし、足を踏ん張った。頑丈《がんじよう》な竿が弓なりに曲がって、それが右に左にと振りまわされる。

「来ましたな。やはり夜は浅場がよろしいのですよ、大旦那さま」横目で見ると、権助は酒器と容器の、大小の瓢簞を左右の手に持って体を揺らしている。「大物のようですな」

「酒なんぞ飲んでおらんと、手伝うのだ」

「では、ちょっとばかり失礼して」

酒器をおいた権助が横に来て竿を握ったが、酒と汗が強く臭うばかりか、体全体から熱気を放っている。顔がてらてらと脂《あぶら》ぎっているのが、月光の中でもはっきりとわかった。

足を踏ん張ろうにも、砂地なのでどうにも頼りない。しかたなく立ちあがったが、権助が酔っているために、二人はもつれるようになって砂地をよろよろと動きまわらねばならなかった。

釣果は二尺（約六十センチ）ちかい大鯰で、不服そうに、鰓《えら》をおおきくふくらませては空気を吐き出す動作を繰り返している。

権助が鯰の口から針を外し、竿に釣り糸を巻きつけて帰り支度を始めた時である、源太夫の耳は幻妙な音をとらえていた。音のするほうに顔を向けると、淵の一部が幽《かす》かに明るみを帯びている。月の光を反照してのことではない、水底から発しているようであった。音は弱くはあったが、揺れるように変化しながら聞こえた。

鐘の音だ。嫋々《じょうじょう》と、長く、か細く続く。

権助を見たが、瓢箪を逆さにして底を掌でぺたぺたと叩いていた。鐘の音は聞こえてはいないようである。困った下男であった。一升の酒を、ほとんど一人で飲んでしまったらしい。視線を感じたのか、権助は源太夫を振り返って弁解した。

「今日は五合しか入れなんだのですか？」

源太夫が苦笑しながら淵に目をもどすと、すでに水底からの光は失せ、先刻よりも白っぽい月の光が、鏡のような水面に映っているだけであった。

鐘の音は消えていた。

三

「権助めにまかせて、大旦那さまは釣りでもなさってくだされ」

まるで邪魔になると言わんばかりの口調だが、そのように言われたからといってのんびりと竿をかついで出かけるわけにはいかない。新居への移転、みつとの婚儀、そして道場開きと続くのでなにかと気ぜわしいのである。

母屋がすこし早くできるので、そちらに荷物を移すことにしたが、源太夫にしても権助にしても、持ち物はわずかであった。大八車に積める程度しかありはしない。

問題は軍鶏である。雄鶏《おんどり》はいっしょにするとたちまち喧嘩を始めるので、それぞれ独立した小舎で飼っていた。一度に移すのはむりだろう。

雌鶏《めんどり》の小舎については傷みがひどいので新しく造ることにしたが、権助は大工から余りものの板切れをもらい、なかなか見映《みば》えのいい小舎を建ててしまったのである。

「器用なものだな。権助、大工をやったことがあるのか」

「見よう見まねでございます」

新しい小舎に雌鶏を移すと、権助は唐丸籠や餌入れ、育雛箱《いくすう》、野菜を刻むための菜《な》刀《がたん》、鶏糞を掻き出す用具などを堀江丁の家へ運びこんだ。雄鶏はそれぞれ小舎が別なので、数回に分けて運ばなければならない。

修一郎の家とは六町ほどの距離だが、権助は一日でそれを終えたばかりか、自分の荷物まで運んだのである。軍鶏の世話があるからと、働き者の下男は完成間際の家に泊まりこむことになった。

翌朝、いつもより早く目覚めた源太夫が堀江丁に出かけると、権助はすでに軍鶏に餌をやり終えていた。

「こちらは陽当たりだけでなく、風の通りがいいので、軍鶏にはよろしゅうございます」

顔をくしゃくしゃにして笑う。道場が母屋に併設されることもあるが、敷地は異例の広さであった。ただし身分に相応して門は二本の柱が建てられただけであるし、道に面した北側こそ板塀となっているが、残る三方は生垣である。

南面は堀川に面し東西は空き地なので、陽当たりは十分すぎるほどであった。

「今日は多忙だぞ。覚悟しておけ」

蒲団と座布団、鍋に釜、食器や箱膳、薪《まき》や炭、火消し壺、水瓶など、およそ日常の暮らしに入用なもののほとんどが届けられることになっていた。

そして明日には、いよいよみつが輿入れをする。もっとも源太夫もみつもともに二度目なので、ごく内輪の披露目で済ませることになっていた。

さらに三日後には道場開きが待っている。

祝言は富田町の料理屋に仕出しをたのんであるが、問題は道場開きであった。

「三羽で足りようか」

道場開きのもてなしには、軍鶏鍋がいいだろうと源太夫は考えていた。雄鶏にしろ雌鶏にしろ、孵化《ふか》した雛《ひな》をすべて残すわけにはいかない。

雄なら体格のいいもの、動きの鋭いもの、羽毛の美麗なるものを、雌も骨太で頑丈なものや、姿かたちの美しいものを選別してゆく。雌は四ヶ月で卵を産むようになり、雄もそのころには成鳥となるので、若鶏はほとんどが数回の味見（闘鶏の練習）をすませていた。

「どうだ、権助、おまえがどれほど軍鶏をわかっておるか試してやろうか」

「試すのでございますか、この権助めを？」

「道場開きの軍鶏鍋用にどの三羽を選ぶか、との試験だ」源太夫は木の枝を拾うと、軍鶏の小舎を示した。「あれから順に一番、二番、三番というふうに数えるとしよう。

それぞれが地面に番号を書いて、それをあわせるという趣向だ」

権助はうなずくと途端に厳しい目つきになり、地面に番号を書いた。あわせてみると、二人の書いた数字は三つともおなじであった。

源太夫が口を開こうとするよりも一瞬早く、権助が言った。

「ようよう軍鶏がわかってまいりましたな、大旦那さま」

軍鶏をつぶす段になると、権助は心底辛そうな顔をした。毎日、世話をしている身にとってはむりもなかろうと思うが、いざつぶすことがきまると実にあざやかに、しかも素早くさばいてしまうのである。

その手際はみごととしか言いようがない。命を断つと、木の枝を肛門から差しこみ、くるくるとまわしてから引き出す。すると、腸が枝にからまりついて残らず出てくるのであった。

「こうしませんと、糞の臭いがついて肉がだめになります」庭に穴を掘って臓物を埋めながら権助は言った。「犬や猫が口にすれば、味を覚えて襲うようになりますので」

「権助、以前はなにをやっておったのだ」

「ずっと、こちらさまのお世話に」

「そのまえは」

「子供でした」

「それにしては物知りだな」

「生きていますとおのずと身につく程度の、ごく浅い知恵でございますよ」

二月の下旬に入ったが、晴天で風もないので、南国の園瀬藩では汗ばむ陽気である。居並ぶ者の中でも、とりわけ汗を掻いていたのが源太夫であった。表座敷で床の間を背に窮屈な格好でかしこまっているせいか、肩が凝《こ》ってならない。略式ではあるが、羽織袴《はかま》は着用していた。

いよいよみつが登場する。「器量はひかえめに見て十人並みというところですが」と言った均之介の言葉が、どうにも気になってしかたがない。「いや、正直申してなかなかの女子です」と付け足していたが、話をまとめるためには実際よりもよく、時としては詐欺《さぎ》にも近い嘘を並べるのが仲人口《なこうど》というものだ。

軽いざわめきと同時に、座敷の一部が明るくなった。色が白い女であった。その白い肌が、ほんのりと桃色に染まっている。

若いころに鍛えてもらった道場主の日向主水が、月下氷人《げっかひょうじん》を引き受けてくれた。

主水は頭が半白になってはいるものの、エラが張った四角い顔はまるで変わっていない。額と鼻、頰と顎がほぼおなじ高さであり、ちいさな丸い眼をして、渾名の下駄そのものである。もっともかなりくたびれてすり減った印象で、源太夫は便所下駄という言葉を思いうかべた。

三三九度の盃が交わされ、下駄の師匠の渋い喉で「高砂《たかさご》」が謡《うた》われた。時折、布佐の膝に抱かれた佐吉がむずかりはしたが、静かな宴である。料理が食べつくされ、酒を飲み終えると、自然に散会となった。

布佐たち女性が膳や食器、酒器などを片づけて去ると、権助も気を利《き》かしたのか、道場のほうが心配ですから今夜はあちらで、と門弟が着替えや怪我《けが》人の手当てをする控え室にさがった。残されたのは源太夫とみつの二人だけである。

最初が肝腎であることはわかっていた。夫婦というものは、なにも言わずとも気持を共有できるものだと疑いもしなかったばかりに、ともよには辛い思いをさせたのである。あの轍《てつ》は二度と踏んではならない。

名を呼ぶとみつは源太夫のまえに正座したが、緊張のためか顔を伏せたままであった。名は呼んだものの、どう切り出せばいいかわからない。とはいっても黙ってもいられないのである。いくらかあせり気味の源太夫が発したのは、なんとも無粋で間の抜けたひと言であった。

「均之介どのから聞いたであろうが、わしは軍鶏を飼っておる」

「実家でも鶏を飼っておりますが、世話はわたくしがしてまいりました」

みつの受けがごく自然だったので、源太夫は気まずい思いをせずにすんだ。この女となら、うまくやってゆけるだろうといくらか気が楽になったのである。

多くの藩士が屋敷の一部を畑にし、野菜を育てて日常の食菜の足しにしていた。鶏を飼う家もすくなくはない。卵は病人にとって貴重な薬ともなったのである。

「もうひとつあってな」躊躇《ちゅうちょ》してから源太夫は続けた。「ともよの祥月《しょうつき》命日には墓参りをしてやりたい」

みつは初めて顔をあげ、源太夫を正面から見た。

「わたくしもお参りさせていただきます」

上気のせいか目のまわりが赤くなっているが、瓜実《うりざね》顔に切れ長の目をした女であった。ひかえめに見て十人並みというところですがと均之介が言ったのは、遠縁ゆえの謙遜《けんそん》であったようだ。

源太夫はみつの手を取った。やわらかな感触に思わず引き寄せたい衝動にかられたが、源太夫は辛うじて思いとどまった。

「寝間のご用意ができました」

みつの言葉にうなずいて奥の間に入ると、蒲団が並べて敷かれている。横になると衣擦《きぬず》れの音がし、心地よい匂いがかすかに漂って鼻孔を刺激した。

胸苦しいような気分になったが、そこで源太夫は、はたと困惑した。初夜の褥《しとね》では男が女の蒲団に移るのが作法に適っているのか、それとも自分の蒲団に呼び寄せるものなのか。

ともよとの時はどうであっただろうかと記憶を呼び覚まそうとするのだが、断片さえ記憶には残っていない。といってなにもせぬでは、花嫁に恥をかかせることになるだろう。初夜に恥をかかせられたと勘ちがいし、自害なんぞされてはかなわない。

「おまえさま」と消え入るような声でみつが言った。「申しわけございません」

首だけ持ちあげて見ると、みつは正座していた。

「いかがいたした」

「あの」長いためらいがあって、みつは言った。「月の障りが」

「あ、ああ、さようか」

「お許しくださいませ」

「謝るにはおよばぬ。疲れたであろう、休まれよ」

「申しわけございません」

月の障りという言葉には憶えがあった。それも苦い思い出である。

ともよと世帯を構えた直後に江戸に出、六年ぶりに帰国した源太夫は、土産《みやげ》も持たずに軍鶏の雛を連れ帰ったのである。その夜、ともよは「月の障りです」と両手で突っぱねた。

何度かそうことわられると、さすがの源太夫も、それが女にとって便利な言い訳であるらしいと悟ったのである。

「はははは、気にすることはない」

とは言ったものの、はたしてうまくやっていけるのだろうかと強い不安にとらわれた。あるいは自分はどこかに、女が受け入れたくなくなるなにかを身にまとっているのかもしれない。みつは敏感にそれを察知して、同衾《どうきん》を拒んだとも考えられる。

はて弱った。本当に弱った。源太夫の気持はすっかり暗く、重くなってしまった。

四

「これはまた、みごとでござるな」

一刀流岩倉道場と大書された看板を見て、だれもが賞讃の声をあげた。

少年時代に藩校で机を並べた池田《いけだ》秀介《しゅうすけ》が筆を揮《ふる》ってくれたもので、乾いたばかりの墨が黒光りし、離れていても香りが強く匂う。近づくと漆黒の墨が単なる黒一色ではなくて、赤や緑、紫や茶の、微細な粒子の集まりであることがわかった。無数の集まりのひとつひとつが、光り輝いているのである。色艶といい香りといい、高価な墨を使ったものと思われた。

秀介は驚くほどおおきな目をしているが、目蓋《まぶた》が厚くて腫《は》れぼったいこともあり、どこか眠そうであった。喋り方ももっさりとして、とらえどころのない雰囲気を醸《かも》していた。しかし、源太夫らを教えた儒者は秀介を高く評価していたのである。「大器晩成と申してな、おおきな器はできあがるまでに永い刻《とき》がかかるものなのだ」と、子供には難しい熟語を持ち出したが、皮肉なことにそれでバンセイという渾名がきまったのであった。

その秀介は盤晴《ばんせい》と名を改めて、藩校「千秋館《せんしゅうかん》」の教授方を務めていた。盤は大皿で睛はひとみの意味だという。大目玉だと自分の容貌を諧謔《かいぎゃく》をこめて表したとも思えるが、おそらくは大器晩成にひっかけているのであろう。とすると迷惑そうな顔をしながら、源太夫のつけた渾名を気に入っていたことになる。

四十歳で教授方というのがどの程度の出世かはわからないが、助教であって最高責任者ではない。あるいは秀介は、まだまだ完成途上の未完の大器なのかもしれなかった。

正面に掲《かか》げる道場訓や門弟の名札、入門者の名簿などは布佐の兄清水均之介が一手に引き受けた。普請方書役であれば書くのはお手のものであるが、それよりも均之介にはみつを薦めたという立場があった。

前年の政変で源太夫は、稲川八郎兵衛が放った刺客《しかく》秋山精十郎を斬り伏せていた。松川勇介を刃を交えることなく倒し、かなりの使い手と見られていた藤井卓馬を斬った男である。源太夫の評価は一気に高まり、それもあってか入門者は予想したよりも多かった。

正真正銘の新弟子が、年少組の十三名を含めずに三十人近くも入ったし、他の道場で学んだが中断していたので学び直したいという経験者が九名、かつての源太夫の道場仲間で、型を直してくれないかなどとやって来た者もいた。それらは道場開きのまえに申しこんでいたが、当日になっての入門者もあった。

日向道場で学んだ経験のある者の弟子入りについては、源太夫はかならず道場主の小高根大三郎の許可を得たかどうかをたしかめた。日向道場はいわば師匠筋である。

主水から大三郎に代替わりしたからといって、勝手なまねはすべきでないと考えたからであった。

開場祝いには、仲人をしてくれた師匠の主水はもちろん大三郎も参列した。道場開きにとって重要な型の披露の相手をたのむと、快《こころよ》く引き受けてくれたのである。

午前中は年少組の少年たちが千秋館で学ぶことになっているので、開始は九ツ（正午）になった。もちろん翌日からは、朝から開くことになる。

剣術の道場で教えることはどこもおなじであった。まず礼儀、そして基本。神棚に灯明《とうみよう》をあげ、源太夫が道場訓を読みあげた。冒頭の「礼節を以《もっ》て旨《むね》とすべし」に始まり、「私闘に走りし者は理由の如何《いかん》に拘《かかわ》らず破門に処す」まで十三項目である。

引き続き来賓の祝辞となり、「そもそも新八郎が入門いたしたおりに」と当時の名前を持ち出して始まった下駄の師匠の話は羊腸のごとく長く、空気がすっかりだれてしまったようである。それもあってか、盤睛池田秀介の簡潔な祝辞は好評であった。

「われら両名は学問所と日向道場の同期だが、いつの間にか片方は木刀に惚れ、もう一方は机が好きになってしまった。まったく反対方向に向かったのになぜか気が合って、いまだに酒を飲んだりしている。一体なぜなのだろうと思い起こして、あるできごとを思い出した。どうやらそのために、すっかり気にいったらしいので紹介したい」

　そんなふうに秀介は続けた。

　土用稽古の時のことである。全員が汗まみれになったのをみて、師匠の主水が新八郎に、井戸に瓜を冷やしてあるので見てくるようにと命じた。すぐにもどった新八郎に主水がどうであったと訊くと、「七つ浮いておりました」。冷えているかと訊かれたのに、数のことだと勘ちがいしたのである。

「そうだった」下駄の師匠が言った。「あの時わしは思ったものだ。これはどえらい大物になるか、でなければただの愚者だとな」

「で、結果はいかがでしたか」

　盤睛が問うと、主水は一呼吸おいて、

「わしの口から言わせるな」

　爆笑が起きた。

　祝いの席らしい和気藹々《あいあい》の雰囲気になったが、座はすぐに緊張に充《み》たされた。続いて、源太夫と小高根大三郎による型の披露がおこなわれたからである。

　真剣による緊迫した空気が現出した。この日のために源太夫は何度か日向道場に赴《おもむ》き、大三郎と入念な打ち合わせと練習を繰り返したのである。

終わった時には、二人とも汗にまみれ、肩で息をしていた。続いて入門者による素振りに移ったが、豆剣士たちの黄色い声が若い道場を象徴するようで、源太夫の耳にはすがすがしく聞こえた。

それが終わると軍鶏鍋が供された。道場の式次第が進んでいるあいだに、みつが母屋で用意しておいたのである。権助が三羽をつぶしてさばいたが、多人数なので野菜を多くせねばならなかった。競争で肉を探すことになり、とりわけ年少組はおお騒ぎである。

入口が騒々しくなったので源太夫がそちらに向かうと、讃岐《さぬき》と名を変えて間もない芦原弥一郎であった。先の政変で目付から中老に昇格したのだが、丸顔で体つきも丸まったこの男は、まるで貫禄というものが感じられない。

全員が緊張して正座すると、芦原讃岐は両手をおおきく振った。

「ああ、楽に。膝を崩して。今日は道場仲間として一言祝いを述べたくて参ったのでな」

「ともかくおあがりを」

「いや、ゆっくりしておれんのだ」源太夫にそう言うと、讃岐は出席者を見渡した。

「新八郎はわしの二年先輩での。いっしょに汗を流したのは四年ほどだが、たったの一本も取れなんだ。で、わしは自分の分を知って、言葉の駆け引きの世界に生きることとにしたのだ。ともかくめでたい。おい」

背後に声をかけると、熨斗《のし》つきの角樽《つのだる》を二人の郎党が運びこんだ。讃岐は言葉どおりすぐに帰ったが、酒のおかげで祝宴は一気に盛りあがった。いかにも弥一郎らしいな、と源太夫は心のうちで友に感謝した。

客たちが帰り、権助と新弟子たちが片づけをして引きあげたのは暮れ六ツ（六時）近い時間である。

酒も入っており、道場主としてあれこれ気を使ったせいで、源太夫は心地よい疲れを感じていた。南国の二月の終わりは、体がだるくなるような気配がある。

湯に入って汗を流すと、源太夫は蒲団の上に大の字になって手足を伸ばした。少年剣士たちの甲高い声が、耳の奥で心地よく木霊《こだま》する。いつしか源太夫は眠りに引きこまれていたらしい。

人の気配に肘を突いて上体を起こすと、みつが正座している。

「ん？　いかがいたした」

みつは行燈《あんどん》の薄明かりのなかでもはっきりとわかるほど赤面した。そうか、と源太夫は合点がいった。手を差しのべるとみつの指に触れたが、その指がこまかくふるえている。引き寄せると、ふわーっと重みがないようにやわらかな体が傍らにやってきた。芳しい香りが心地よく鼻孔を刺激する。

永い時間のあとで、源太夫はみじろぎもせずに天井を見あげていた。これが女子の体というものなのかと、ほとんど感動に近い思いにとらわれていたのである。子を生していないみつの体は若々しく、かすかに湿り気をおびた肌はぴったりと源太夫に密着した。やわらかくてしかも張りがある体は、源太夫の動きに微妙に応じ、時にはふるえ、あるいはおののき、かぎりない豊かさの海にたゆたわせた。

そうだったのか、なるほどむりもないなと、今ごろになって思い当たることも多い。

御蔵番見習いとして出仕した十五歳のころの望みといえば、ただ剣が強くなりたいというだけであった。

朋輩《ほうばい》や道場仲間にはすでに遊びを覚えた者もいて、源太夫も誘われたことがあるが応じなかった。新町や富田町の飲み屋には、酌取りの女を置いた店があり、相談がまとまると二階に消える仕組みになっていることは聞いていた。

関心がなくもなかったが、剣に感じる以上の情熱を掻きたてられなかったのである。そのような場所で女に溺れる仲間がいても、源太夫はただ、愚か者めが、と冷たい眼で見ていたのであった。

　ともよとのことはよく憶えていなかった。娶《めと》った直後に江戸に出なくてはならぬことになり、やたらとあわただしかった記憶だけがある。そのころは、江戸に出る目的は剣の修行ただひとつであった。

　しかし目的を持たぬ者にとっては、江戸勤めは暇をもてあます退屈な日々であるらしい。下級藩士には有りあまるほどの時間があった。そのために金のつごうがつけば吉原や、もっと手近なところで遊ぶことになる。

　源太夫は誘われても応じないようにしていたが、どうにもことわれないこともあった。しかし幸運なことにその時の相方《あいかた》が、剣に感じる以上の興奮を与えることのない女であったために、深入りせずに済んだのかもしれない。

　そうこうしているうちに、旗本の隠居秋山勢右衛門と昵懇《じっこん》になり、軍鶏の魅力に取り憑《つ》かれてしまった。

　その後も、剣と軍鶏以上に源太夫を魅了する女性《にょしょう》は現われなかったし、帰国してともよとのあいだがうまくゆかなくなっても、富田町に女を求める気もおきなかったのである。さらにそのころには、釣りという別のたのしみも加わっていた。

子に恵まれなかったみつの体は年齢よりもはるかに若々しく、豊かな張りがみなぎっていた。それまでほとんど女の肌に接することがなかった源太夫の肉体もまた、みつに負けぬくらい若くて力に溢れていたのである。

腕に力を入れてみつを引き寄せると、驚いたふうであったが、顔を染めながらも体を密着させてきた。自分は決してこの女を離さないだろうと源太夫は感じ、そしてみつのうるんだ眼の中に、おなじ思いをたしかに見たと思ったのである。

源太夫はみつに接してはじめて、男と女はこのようにたがいに与えあうものだと覚《さと》ったのであった。とすれば、女としての悦《よろこ》びも幸せも知ることなく死んでいったともよが、あまりにも哀れに思われてならない。

五

岩倉道場では、壁にかける門弟の名札を申しこみ順にしてあった。経験者もいたが、新規開場なのでとりあえず全員を同列とし、半年後に源太夫の判断で並べ替えると伝えてある。

入門した以上はだれであろうと、一枚でも上位に自分の名前を掲げたいはずであった。そのぶん励んで活気がもたらされると考えた源太夫の目論《もくろ》みは、みごとに的中したようである。非番の弟子の多くが朝から汗を流し、武者窓から射しこむ陽の中で竹刀が打ちあわされて、道場は活気に溢れていた。

東野才二郎《とうのさいじろう》が緊張した面持ちでやって来たのは、道場開きから五日経った日の五ツ（午前八時）という早い時間であった。

「ただちにご登城いただきたいとのことです」

才二郎は芦原讃岐の若党で、源太夫の門弟の一人である。讃岐はすでに登城していると言う。老職が登城するのは、普段なら四ツ（午前十時）か四ツ半（午前十一時）であった。緊急事態が発生したのである。

「相わかった。すぐに参る」

源太夫がそう言うと、一礼して才二郎は去った。

執務室に案内されると、讃岐と目付の岡本真一郎《おかもとしんいちろう》が待っていた。

「先だってはお心使いをいただき……」

源太夫が道場開きの際の礼を述べようとすると、讃岐の言葉がそれを遮《さえぎ》った。

「立川彦蔵が、妻女と番頭《ばんがしら》の本町宗一郎《ほんまちそういちろう》を殺害して出奔《しゅっぽん》した」

みつの前夫である立川彦蔵の名が出たことで、源太夫は悪い予感にとらわれた。

岡本真一郎が引き継いで事情を説明した。前年の政変で目付の芦原弥一郎が中老に昇格したおり、そのあとに引きあげられた若手である。顔も体も細長く、おだやかな目をした、低いが聞き取りやすい声の持ち主であった。

武具番頭の本町宗一郎は百石取りの当主ながら名うての遊び人で、とりわけ女にはだらしがなく、下女には手をつけるし、西横丁辺りでは料理屋や茶屋の使用人はおろか、おかみなどとも浮き名を流していたという。家柄がまずまずである上になかなかの美男であり、その上江戸でも遊びに耽《ふけ》って磨きをかけ、人をそらさぬ話術を身につけているので、女たちにもてはやされていたらしい。

水商売や青楼《せいろう》の女だけならさほど問題にもならなかったが、武家の娘や妻女、人の囲い者などともなにかと噂が絶えなかった。もっともやりかたがよほど巧妙であったのか、尻尾《しっぽ》を摑まれるようなまねはしていない。

立川彦蔵の妻となった夏江《なつえ》とも以前から深い仲であったらしいが、二百二十石取りの飯岡《いいおか》家の三女ひでとの縁談がまとまりそうになったことで困り、当時二十四歳であった夏江を部下の彦蔵に押しつけてしまったのである。

好都合なことに、彦蔵の妻のみつは嫁して八年になるのに子を生していなかった。石女など離縁して、跡取りを産める娘を嫁にしろと迫ったらしい。みつを離縁した彦蔵は夏江を娶り、夏江はすぐに懐妊した。

本町宗一郎の噂を知らぬはずはなかったと思われるので、飯岡家の当主がどのような思いから、三女をこの好色漢と妻《めあわ》せたのかはわからない。ひでが見場のよい宗一郎に一目惚れし、母親を口説き落として父親を説得させたという噂が流れたほどである。

ところがひではぎすぎすして魅力に欠け、なにかといえば家の格のちがいを持ち出す鼻持ちならない権高《けんだか》な女であったようだ。それもあって、宗一郎は外に女を求めるようになり、夏江が子供を産んで三ヶ月も経ぬうちにふたたび縒《よ》りをもどしたのであった。

「見かねた同輩に忠告されても彦蔵は信じなかったようですが、夏江のふるまいにしだいに疑いを抱くようになり、ついにはそれが事実である証拠を握ったと思われます」

自分の年齢を意識してか、岡本真一郎はひかえ目な言いかたをした。

「要するに、寝髪を押さえたということだ」讃岐が言った。「彦蔵は出合茶屋で二人が抱きあっているところに乗りこみ、斬り殺してその足で逐電《ちくでん》した」

「姦夫姦婦の成敗であれば無罪なのですが、本町どのは彦蔵の上役ですから、藩にはおられぬと考えたものと思われます」

親か兄が殺された場合なら、藩主が仇討ち免許状を発行して遺族に恨みを晴らさせるということも可能だが、本町宗一郎には息子も弟もいない。

「脱藩は死罪ゆえ討手を送ることにきまったが、彦蔵は腕が立つ」

「大三郎どのはいかがでござろう」

「日向道場の師匠が弟子を養子にして跡を継がせようとしたおり、第一候補が立川彦蔵で、第二候補が小高根大三郎だった。彦蔵のほうが腕は一段も二段も上だが、立川の家を継ぐことがきまっていた。その点、大三郎は三男坊だからな。力量では劣っているものの、小細工をしない堂々とした剣ではある。で、養子となった経緯《いきさつ》があるのだ」

小高根大三郎では歯が立たないので、源太夫を討手にと言いたいのはわかるが、ことはそれほど簡単ではない。

「それがしには、その役は務められませぬ」

「申したいことはわかる。彦蔵はそなたの妻女の先《せん》の亭主だ。事情が事情だとしても、世間がなにかと後ろ指を指すようなこともあろう。だがな、新八郎」讃岐は道場仲間のころの名で呼んだ。「ことは脱藩だ。早急に処分せねばならぬ」

「であれば、一刻も早く討手を差し向けられたほうがよろしいのでは」

「彦蔵は並みの使い手ではないのだ。その点は殿にもおわかりでな」

「実は上意なのです」

真一郎の言葉に讃岐はうなずいた。

「殿は間もなく出府なされる。そのまえに解決するようお望みだ。岩倉にしか討てぬであろうと申された」

藩主九頭目隆頼が江戸に出立《しゅったつ》するのは、五日後だという。せめて数組に分かれて追うのが得策ではないかと源太夫は思ったが、討手は二人にきまったと讃岐は言った。

「夏江の弟が志願したのだ」

あとで東野才二郎を寄越してくれるようたのんで、源太夫は芦原讃岐の執務室を退出した。

六

夏江の弟狭間《はざま》銕之《てつの》丞《じょう》の到着を待って、源太夫は城下を発った。八ツ半（午前三時）に起き、七ツ（午前四時）にはみつと権助に見送られて門を出たのである。上意討ちの討手は、夜分か朝の暗いうちにひそかに出立するのが慣わしとなっていた。

前日、帰宅するとみつと権助に事情を話し、やって来た東野才二郎には、留守のあいだの稽古について指示を与えておいた。年少組には素振りと打ちこみ稽古を、経験者にはそれに加えて互角稽古をするよう、そして希望者がいても引き立て稽古はおこなわぬようにと命じた。才二郎を中心に、指名した三名で指導にあたるように言ったので、才二郎は感激して頰を紅潮させていた。

「おまえさま」門を出る時、みつがためらいがちに声をかけた。「ご用心なさってくださいませ。立川は手裏剣を使います」

源太夫は黙ってうなずき、踵《きびす》を返した。離縁されたとはいえ、彦蔵は八年間連れ添った夫である。言うか言うまいかと、みつは最後の最後まで迷い続けたことであろう。

三月になったばかりの七ツはまだ薄暗く、朝霧の漂う掘割に沿って歩き、巴橋を渡って常夜灯の辻で右に折れ、堤防への道を真南に向かうころになっても、源太夫と狭間銕之丞は人には会わなかった。堤防の土手道を下流に向かうと、高橋《たかばし》の手前の番所まえに六尺棒を手にした番人が立っていた。

念のために訊いたが、立川彦蔵は高橋を渡っていなかった。当然ではあるが、脱藩者が番所の設けられた高橋を通るはずがない。

上流一箇所と下流三箇所に設けられた、流れ橋を渡ったのであろう。流れ橋は、瀬に杭を打ちこんで幅二尺（約六十センチ）ばかりの板を交互に並べただけの、出水があれば流されてしまう頼りない橋である。

板は麻縄で結んで岸の樹木の幹や岩などに縛ってあり、減水すれば架けなおした。元来が、外敵の攻撃に備えて橋を架けなかった往時の名残である。

中州では鶺鴒《せきれい》がさかんに長い尾を上下させていた。川がもっとも美しい時刻であった。

橋を渡っても領内に変わりはないが、城下をはずれたという安心感があるのかもしれない。それまで一言も喋らなかった銕之丞が話しかけてきた。

「姉の愚かさには腹が立ちますが、……哀れでなりませぬ」源太夫が黙っているので、銕之丞は続けた。「冷静になれば、どちらが上かは火を見るよりも明らかなはずなのに」

訴えたいというよりも自問自答の類《たぐい》であろうと、源太夫は相鎚を打たなかった。

銕之丞はしばらく無言のまま歩いていたが、独り言のようにつぶやいた。

「これが本町宗一郎の討手だったら、喜んで志願しましたが」

源太夫は銕之丞を一瞥《いちべつ》した。本町宗一郎を呼び捨てにしたことは、姉が殺されるはめになった張本人という意味でわからぬでもない。奇妙だったのは、彦蔵の討手に志願したのではないということであった。芦原讃岐はたしか志願したと言っていたが、血をわけた姉が殺されてさぞや無念であろうと、銕之丞の心境を察しての弁だったのであろうか。

「彦蔵どのが郷士方《ごうしがた》だったので、姉も本町も侮《あなど》っているような気配が感じられました」

今度は、姉を殺害したかつての義理の兄をどのづけで呼んだ。

初代藩主九頭目至隆《みちたか》は五百石取りの旗本であったが、関ヶ原の戦での軍功により園瀬藩三万六千石に封じられるという出世を遂げた。大名になればそれまでの家来だけでは藩を維持できないので、浪人を取り立て、郷侍を組み入れたのである。古くからの藩士は、郷侍を郷士方と呼んで軽んずる風潮があった。

「彦蔵を恨んではおらぬのか」

銕之丞は答えなかった。口を開いたのは二町ばかりも行ってからである。

「できた人です」

ぽつりと言って黙ってしまう。しばらくして銕之丞はちらりと源太夫を見た。

「思慮深く、冷静沈着で、多少のことには動じない、なかなかの人物でした。あの人を義兄《あに》にできて、わたしは誇らしかった」

ちらりと見ると、銕之丞は顔を歪めていた。

野良で働く農夫や、野菜を積んだ車を汗にまみれて輓《ひ》いてゆく車力《しゃりき》に出合うたびに、源太夫は彦蔵のことを訊いてみた。狭い流れで野菜を洗う農婦や茶店で訊ねても、彦蔵らしき男が通った形跡はない。途中に丘があるし土地も起伏に富んでいるが、だだっ広い殺風景な場所である。だれにも見られずに通りすぎることなど、不可能なはずであった。この道を通らなかったというより、領内から出ていない可能性のほうが高そうである。

「若いころの姉は、明るくてとてもやさしい人でしたが、憧《あこが》れの強い人でもありました」

そこで切って、銕之丞はしばらく黙々と歩き続けた。

「おなじ年ごろの娘たちのあいだで、美男で家柄も良い本町のことが話題になったのでしょう。家の格もちがうし、相手にならぬのがわかっているだけに、憧れがますます募《つの》ったのだと思われます。それでつい、甘い言葉につられて毒牙にかかったにちがいない。姉が十五か十六、あの男が三十前後でしたから」

やはり彦蔵は、般若峠《はんにゃ》の番所には姿を見せていなかった。山越えについて源太夫がたしかめると、番人は二人がやって来た背後の低地を指差しながら言った。

「どこかで山を越えようとしても、必ず目撃されましょう。姿を隠したまま山に辿り着くことは、地を這いでもしないかぎりむりでござろう」

「闇にまぎれてなら可能ではないのか」

「夜の山越え？　山犬がうろついておるので、地理に明るい地元の猟師でも二の足を踏むほどですからな」

通行手形を所持していなければ、番所を突破するしかないのである。

「はずれたようだな」

園瀬の盆地は、花房川を山のほうに押しやった巨大な蹄鉄《ていてつ》のような堤防に囲繞《いにょう》されて守られている。その堤防の終結部、ちょうど城下の真北から抜ける裏街道があった。そちらからでは大変なまわり道で、脱藩する彦蔵がその迂回路を選ぶとは考えにくい。

鉄之丞の話した印象からすれば、彦蔵は沈着な男のようである。手形はなく、金もさほど所持してはいないであろう。それでも、逃げられるだけは逃げようと考えるとは思えなかった。

彦蔵は藩内に留まり、だれかに逢おうとしているのかもしれない。その相手はあるいはみつであろうか？　上役の本町宗一郎に、みつを離縁して夏江を娶るよう強制されたのである。みつに対する強い未練があって不思議はない。

源太夫は脳裡に、みつの若々しい、雪のように白くてやわらかな肌を思い浮かべていた。考えられないことではなかったが、妻と上役を斬り殺した三十五歳の男にしては感傷的にすぎる。やはり裏街道を選び、すでに藩を出てしまったと考えるのが妥当だが、どうもしっくりこないのである。

「裏街道でしょうか」

「普通であればな」

「……………」

「北の番所にまわってくれ。わしは雁金村に行く」

「雁金村？　なにか心当たりでも？」

「勘だ。裏街道にまわっていないようであれば、あとを追って雁金村に来てくれ」

「裏から出奔したのがわかれば、いかがいたしましょう」

「北の番所で待て。わしのほうも途中でたしかめられるはずだ。雁金村に行っていないようであれば、ただちに引き返す。一刻（約二時間）もあれば追いつけるだろう」

鋏之丞は、では参りますと言い残して足早に去った。

源太夫は花房川に沿って、はるか上流にある雁金村に向かったが、そのころには考えは確信に近いものとなっていた。彦蔵が鋏之丞の言ったように思慮深ければ、先が読めぬはずがない。妻と上役を殺害し、手形も金もなく八方塞がり、とすれば残る道は死だけである。では、どこを死に場所に選ぶだろうか。おそらくは故郷であろう。

彦蔵が郷士の出であると知って、源太夫が思い浮かべたのが雁金村であった。筆頭家老であった稲川八郎兵衛が、先の政変で敗れて蟄居させられた村である。園瀬藩でも屈指の貧乏村に対して、藩士たちは江戸者にとっての遠島《えんとう》とおなじくらいの感覚を抱いていた。

雁金村に竪川《たてかわ》という集落があった。藩の西には屏風《びょうぶ》のような連山が立ちふさがり、その最高峰神山《かみやま》の中腹より渓谷が一直線に麓《ふもと》におりてくる。それが竪川で、集落は川沿いに縦長に展開していた。

一気に麓におりた竪川は大蛇《おろち》川と合流して花房川と名を変え、園瀬の盆地へと向かう。彦蔵の立川という苗字は、竪川の郷士であった名残だと思われた。

源太夫は、彦蔵が自分を待っているような気がした。冷静で判断力のある人物だという。源太夫が討手に指名され、脱藩していないのに気づいて、雁金村まであとを追ってくることを読んでいるという気がしたのである。とすれば、その目的はなんであろうか？

いかに沈着ではあっても人の子だ。むりやり引き裂かれたみつに執着し、その夫となった源太夫を道連れに、死出の旅立ちの土産にしようと考えられぬこともない。源太夫が銕之丞を北の番所に向かわせたのは、彦蔵と対決せねばならなくなった時、できればその場に立ち合わせたくなかったからであった。

沈鐘ヶ淵にさしかかると、灌木《かんぼく》のあいだから水面や、源太夫と権助が大鯰を釣りあげた砂地が見え隠れしはじめた。

路肩に寄るとようやく淵が見えたが、明るい陽光に照らされて、鮠《はや》の類であろうか、水底で腹を返すたびに銀鱗をきらめかせている。あまりにも明るくて、あの夜のような神秘なたたずまいは感じられない。あれ以来、源太夫はなぜ鐘の音が自分だけに聞こえて、権助には聞こえなかったのだろうと、何度も奇妙な思いにとらわれたものであった。

淵を過ぎてしばらくは、右手が花房川で反対側が山という地形が続く。やがて山が次第に低くなり、道は竹籔《たけやぶ》に入った。そこを過ぎると視界が開け、右手におりて行くと流れ橋が架けられているが、源太夫はまっすぐに土手道となった街道を進んだ。

前方は細長い盆地となり、その取っかかりに茶店があった。饅頭《まんじゅう》を求めて一休みしながらそれとなく訊いてみると、前々日の七ツ半（午後五時）、店をしまう直前に彦蔵らしき武士が休憩したという。源太夫が食したのとおなじ饅頭を食べて、西に向かったとのことであった。非常に落ち着き、悠然としていたらしい。

それを聞いて源太夫は、彦蔵に対して好もしい思いを抱かずにはいられなかった。急ぐ必要はなかったが、銕之丞に追いつかれてはならない。源太夫は腰をあげた。

七

竪川は大地を割いて深く切れこみ、底のほうで岩を咬《か》みながら白く泡立って流れている。聞きしにまさる厳しさで、猫の額ほどの土地を石垣で囲ったものが無数に集まって段々畑を成しているが、住人の勤勉さを示すというよりは、そうでもしないかぎりこの土地で生きてゆくことはできないにちがいない。

武士に対する警戒心と不信にも、根強いものがあるようだ。事情を無視して取り立てと使役を命ずることに、激しい反感を抱いているのであろう。加賀田屋に袋井村の灌漑《かんがい》工事を請け負わせ、私腹を肥やした稲川八郎兵衛がこの村に蟄居を命じられたのは、園瀬の盆地で感じた以上に厳しい罰であったことがわかる。

立川彦蔵について訊ねても満足な答は得られなかったが、源太夫は村人の反応からこの村にいるという感触を得ていた。ようすを窺《うかが》うような目の色に、うっかりすれば見逃しそうな、わずかな変化を見たからである。

富尊寺は谷間に向かって張り出した高台に建てられていたが、寺というよりまるで砦《とりで》であった。狭い土地ということもあって、三方に石垣を積みあげて寺域を確保したものであろう。そそり立つ急な石垣、その上にめぐらされた白塀、さらには鐘楼を兼ねた山門というたたずまいは砦そのものであった。

急な男坂があり、それが終わるとさらに急角度の石垣が山門に向かっている。石垣の下をめぐるように、左に女坂が迂回していた。男坂にくらべるとはるかにゆるやかだが、園瀬の城下にある寺々の男坂より険しいのではないかという気がするほどである。

源太夫が急峻な石垣の下に達した時、最上段に、肩幅があり胸も厚い武士が立った。面だましいは精悍《せいかん》そのものだが、意外なことに表情も目の光もおだやかで、予想していたような憎悪や敵意は感じられなかった。源太夫を見た彦蔵は、納得したようにわずかにうなずいた。

石段に足を掛けると、源太夫はゆっくりと登り始めた。彦蔵にその気があれば、非常に不利な位置関係である。だが相手は背を向けると姿を消した。

源太夫が山門を抜けて境内《けいだい》に入ると、彦蔵は本堂前の庭に佇立《ちょりつ》していた。同道ねがえないかと言うと、彦蔵の唇の端にわずかに皮肉な笑いが浮かんだ。

「同道？　討手として参られたはずだが」

「脱藩でなければ討手とはなり申さぬ。二人を成敗いたしたは、夫として当然の処置」

「それがしは切腹ものでござる」

彦蔵はゆっくりと歩き始め、源太夫もそれに従った。山門を出ると手ごろな石に腰をおろし、源太夫にも坐るよううながした。

「事情が事情ゆえ酌量の余地もござろう」

「生きたいとは思っておらぬ」強い調子になったのを恥じたのか、彦蔵は苦笑した。

「侍とは味気ないものでござるな」

「と申して、やめることもならず」

二人は顔を見あわせ、静かに笑った。

彦蔵は死を覚悟しているが、恐れてはいない。この男の醸し出す静謐《せいひつ》と威厳は、おそらくそのためであろう。本町宗一郎などという愚かな上役さえいなければ、貧しいなりにおだやかな生をまっとうできたはずであった。

「本来ならあの場で腹を召すべきで……」彦蔵は言葉を切り、ややあって続けた。

「殺す気などなかった。倅の市蔵《いちぞう》があの男の胤《たね》だということも知っていたのでな」

「……？」

「産婆が八月《やつき》の早産なのにこんなにおおきくて、と言ったので、わかり申した。それもよかろうと思ったのです、武家には跡継ぎがなくてはなりませんからな。あの女がそれで落ち着けばよいであろうと。が、間もなくあの男と縒りをもどし、同職から忠告されては武士として放置することもならず」

彦蔵は言葉を切った。

無意味なことを喋りすぎたと感じたのかもしれない。かなりの時間ためらったのち、相手は続けた。

「あの女は『その人を斬って』と叫んだ、夫であるそれがしを、その人と。……覆水《ふくすい》は盆にもどらぬ」

「…………」

「すこしおつきあいしていただこうと思ったのだが、どうやら邪魔が入ったようだ」

彦蔵の視線は下方、樹葉のあいだに見え隠れする道に向けられている。背後に土《つち》埃《ぼこり》を巻きあげながら、馬が駆けて来るのが見えた。

「避けられぬか」

「どうしても」

「それがしを倒したらいかがいたす」

「腹を切ることになる」

「倒せるとの自信はおありか？」

「五分五分だと思いたいですな」

「なぜ討手にそれがしが選ばれると？」

「ほかにはおりますまい。では参ろう、境内を汚すわけにはゆかぬのでな」

「父祖《ふそ》にゆかりの地であれば、汚してよいところなどないと愚考いたすが」

その時、参道の入口に駆けこんだ馬から男が飛び降りた。やはり銕之丞である。参道の左右に立てられた石柱の一本に、手綱《たづな》を巻きつけた。祭礼のおりに幟旗《のぼりばた》の棹《さお》を立てて縛るためか、平たい四尺（約一・二メートル）ほどの石柱には二箇所に穴が穿《うが》たれている。

静かな村を駆け抜けた馬に驚いたのであろう、野良や家の庭先に立ってこちらを窺う者があちこちに見られた。銕之丞は参道の坂の中ほどで立ち止まると、肩で息を弾ませている。

「同道する気も、討たれる気もないとのことでな」なにごとか言いかけた銕之丞に、源太夫はぴしゃりと命じた。「ここで待て」

彦蔵が導いた場所は、山門から石段をおりて左に折れ、雑木林の中のだらだら道を十町ばかり歩いたところであった。南と南西に開けた土地で、その辺りとしてはやや広い場所である。ところどころに基石らしいものが残されているところからして、彦蔵の先祖の屋敷跡なのかもしれない。

振り返った彦蔵の表情からは、それまでのおだやかさと静けさが払拭《ふっしょく》されていた。

「拙者《せっしゃ》がお相手いたす」

命令に従わずについて来た銕之丞がまえに出ようとしたので、源太夫はその肩を掴んで引きもどした。

「おまえの相手ではない」

「事情はどうあれ、それがしにとってはたった一人の姉の仇《かたき》。かなわぬまでも、せめて一太刀《ひとたち》なりと」

鋏之丞が早くも鯉口を切ろうとするので、源太夫は振り向かせざまに当身を喰らわせた。ぐったりとなってもたれかかってくる体を受け止めて、草の上に横たえた。

源太夫と彦蔵は五間の距離を置いて、すばやく袴の股立《ももだ》ちを取り、襷《たすき》を掛けて袖をしぼった。

刀を抜いて向きあうなり、彦蔵は間髪《かんはつ》を容《い》れず走り寄る。振りおろす刃をかろうじてかわしたが、頬を激しい太刀風が打った。振り向いた時には、体を入れ換えた位置から下段の剣が跳ねあがってくる。

身を退けばさらに激しい太刀が襲ってくるのがわかっているので、源太夫は押しつけるようにしてはねのけた。たいていの者ならそこで均衡を崩すが、彦蔵は太刀をすばやく返して斜め上より片手打ちで振りおろしてきた。源太夫が身を退いておれば肩口から袈裟《けさ》掛けに切り裂かれたはずである。しかしまえに出たことで、左腕の上部をかすられただけですんだ。

彦蔵は源太夫に向き直ると、ゆっくりと八双に引きつけてゆく。そして静止した。微動もしない。塑像のようである。双眸《そうぼう》が爛々《らんらん》として、別の生きものが合体したかと思わせるほどであった。源太夫は正眼からわずかに、右斜め下に刀身をさげた。

永い睨《にら》みあいのあとで、彦蔵がじりじりと間合いを詰めはじめた。目の位置が、ということは頭が、つまりは上体がまるで動かぬのに、全身が確実にまえに出てくる。一分の狂いも隙もない。

源太夫の呼吸のかすかな乱れを感じたものらしい、彦蔵が突然に、激しく休みのない攻撃を繰り出してきた。

防戦一方になり、源太夫は受け止め、かわし、押しもどしながら、かろうじてその場にとどまっていた。ただし無傷ではすまなかった。右の鬢《びん》を皮膚もろとも削《そ》ぎ落とされたし、指や腿にも傷を受けたが、幸いにも思ったほど深くはない。もっとも着ているものはまるで襤褸《ぼろ》のように切り刻まれていた。

突然はじまった猛烈な攻撃は、唐突に終わった。彦蔵は刀をさげ、両足を開いたまま、肩で激しく息をしている。着ているものは濡れて色が変わり、顔からも衣類からも汗がしたたり落ちていた。源太夫にしてもおなじである。目のまえに彦蔵がいなければ、草の上に大の字になってぶっ倒れたいと思うほど疲弊《ひへい》していた。

彦蔵が一直線に走り寄って、というより空中を飛んできた。源太夫は地を這うように突進し、相手が振りおろす瞬間に、交叉させるように刃を振りあげた。

倒れたのは彦蔵である。肋骨の隙間から心の臓に達する傷が致命傷となり、すでに絶命していた。源太夫は刀を杖にしばらくあえいでいたが、やがて彦蔵の横に膝を突き、刀身の血を拭った懐紙を彦蔵の袂《たもと》に入れて、隠しとどめとした。

八

功労に対して藩主隆頼から刀を一振り賜《たまわ》ったことで、岩倉源太夫の剣名はまたしてもあがったが、本人はいささか憂鬱《ゆううつ》であった。時折、なんともやり場のないむなしさに襲われる。

あの日、当身を受けて気を喪《うしな》い、死闘を知らなかった錬之丞は、意識をとりもどしたとき、満身創痍《まんしんそうい》の源太夫と彦蔵を見て、声には出さずに泣いた。ひたすらに泣いた。

ともに着たものは切り裂かれ、無数の切傷から血を流し、頭髪は乱れに乱れていた。しかも彦蔵は冷たい骸《むくろ》となり、源太夫は歩くのさえままならぬ状態だったのである。二人の刀はともに激しく刃こぼれし、鞘に納まらなかった。

錬之丞は歯を食いしばり、両目を固く閉じているのに、ぽろぽろと涙が止めどもなく溢れ出た。源太夫に肩を貸して富尊寺にもどるあいだも、かれはしゃくり続けた。

寺の和尚に経緯を告げ、彦蔵の骸を村人に運んでもらって本堂に安置し、十数箇所に受けた源太夫の傷の手当てが終わったのは、五ツ半（午後九時）である。

翌朝、まだ暗いうちに竪川の集落を発ったのだが、銕之丞が乗ってきた馬が役に立った。源太夫が馬に乗り、というよりかろうじて鞍《くら》にしがみつき、銕之丞が手綱を取った。

園瀬の城下に着いたのは八ツ半（午後三時）をすこしまわった時刻である。その足で中老の芦原讃岐と目付の岡本真一郎に報告したので、帰宅は七ツ（午後四時）になった。噂を耳にしたのか権助が途中まで迎えに来たし、家にもどるとみつが湯を沸かしていた。

「おまえさま」

そう言うなりみつは絶句した。一睡もしなかったらしく、やつれきった顔をしている。

権助が体を拭い清め、傷口に金瘡《きんそう》用の軟膏《なんこう》をすりこんだ。寺での手当ては応急であったので、すでに化膿《かのう》して腫れあがった傷もある。権助の処置は驚くほどすばやく、消耗しきった怪我人をそれ以上疲れさせることはなかった。

この男の前歴を洗いざらい聞きたいものだと、源太夫は金瘡のために熱をもちはじめた体をたまらなく気怠《けだる》く感じながらも、ぼんやりと思っていた。

疲労と熱のために昏々《こんこん》と眠り続けているあいだじゅう、源太夫は繰り返し鐘の音を聞いた。満月の日に沈鐘ヶ淵で耳にしたような、おだやかで心に染み入る音ではない。割れたような耳障りな音である。

気がつくと源太夫は淵の岸に立っていた。不意に水底より眩《まぶ》しい光芒《こうぼう》が一閃《いっせん》し、それが淵いっぱいに拡がっていった。それにつれて破《わ》れ鐘を乱打するような音が鳴り響き、急激におおきくなって、耐えられぬほど頭が痛んだ。

ところが権助は、瓢箪の酒器に満たした酒をうれしそうに見ながら、口を近づけようとしている。なにゆえにこの男には聞こえないのかと、それがふしぎでならなかった。

目を醒《さ》ました時、源太夫は傍らで正座したまま膝に手を置いてうつらうつらしているみつの姿を発見した。早朝なのか夕刻なのかわからないが、薄明るく、そして不気味なほどに静かである。

「どのくらい寝ていたのだ」

「あ、おまえさま」みつは蒲団の上に出した源太夫の手を取った。「おもどりになられて三日になります」

みつの体が匂ったが、それは決して不快ではなく、むしろ源太夫の活力を蘇らせる働きをもっているように感じられた。心地よい匂いが、肌を接したときよりもずっと濃厚で、汗のにおいも混じっている。

「熱が、熱がさがりました」

声が震えている。

「休まれよ。疲れたであろう」

「はい」と答えてから、みつはあわててつけたした。「権助が、それに弦庵《げんあん》先生も申されておりました。何箇所か深い傷があるものの、血の管にも腱にも及んではいないので、半年もすればもとにもどるそうでございます」

手桶が置いてある。手拭いを絞っては額を冷やしていたものと思われた。

「立川どのは立派であった。手裏剣など使おうともせずに、堂々と立ちあったぞ」

「そのことには触れてくださいますな」

声に秘められた哀しみを知って、源太夫は言葉にしたことを後悔していた。

「相談がある」

「相談などとおっしゃらず、なんなりとお申しつけくださいませ」

「相談だ。わしらの問題なのでな。……市蔵を、三歳になる彦蔵どのの息子だが、引き取ろうと思う」

みつが息を呑むのがわかった。

「実は彦蔵どのの子ではない。本町宗一郎が夏江に孕《はら》ませたのだ。……正直に申してよいぞ」

「わたしたちの子として育てましょう」

「よいのか」

みつがうなずくのを見ながら、源太夫は眠りに引きこまれたのであった。

銕之丞が弟子入りを志願したのは、雁金村からもどって半月ほどしてからのことである。

「岩倉道場は藩の道場ゆえ入門は自由。ただし、本心より学びたいのであれば、まず、だれよりも早く来て拭き掃除をすること。ひと月も続かぬようでは失格だな」

ひと月どころか、ずっと続いていた。才気は感じられぬが、努力は時として、もって生まれた能力を著《いちじる》しく伸ばすことがある。銕之丞のことは、長い目で見てやるとしようと源太夫は思った。

日ごろの鍛えかたがちがっていたためだろう、ひと月もすれば傷はあらかた癒《い》え、源太夫は道場に出て正面の見所《けんじょ》に坐るようになった。それだけでなく、木剣をふりまわし、竹刀を手に弟子たちに稽古をつけていたのである。見舞いに来た盤睛池田秀介は、いつもは眠そうに半眼にしている目を、皿のように見開いて驚きを隠そうとはしなかった。

そのころには、ちっちゃな暴君として市蔵が、源太夫の、いや源太夫とみつの中心にいた。二人を親と受け止めて、なんの疑いも抱いてはいないのであろう、天真爛漫《てんしんらんまん》に生を謳歌《おうか》している。

この子は本町宗一郎の子であるとは知らない。ある日、自分の親が立川彦蔵であると教えられ、それを殺したのが源太夫だと知るはずであった。

五月の末ごろからみつが元気をなくし、ときおり食べたものをもどしたりするようになった。梅雨《つゆ》時の不順な天候のせいだろうと源太夫は考え、痩せたようすもないので、それほど心配してはいなかったのである。

ある日、権助が半日ほど休みをもらいたいとねがい出たので許すと、翌朝まだ暗いうちに行方《ゆくえ》も告げずに出かけてしまった。

鼻の頭に汗の玉を並べてもどったのは、八ツ（午後二時）をすぎてからである。あいさつもそこそこに道場脇の井戸に向かうと、釣瓶《つるべ》で汲みあげた水を柄杓《ひしやく》で三杯立て続けに飲んだ。

近づく源太夫を見ると権助はフーッとおおきく息を吹き出し、頭陀袋《ずだぶくろ》に手を突っこんで、表皮がたるみ色の変わりかけた夏蜜柑《みかん》を取り出した。

「お百姓の知恵はたいしたものです、籾殻《もみがら》の奥の奥から出してまいりましたよ。さ、これを奥がたに。すぐによくなられますです、はい」

みつに手渡すと、頰を染めて消え入りそうな声で言った。

「どうして、これを」

「権助が、な」正直に答えた瞬間に、源太夫にもわかったのであった。「えっ、それはまことか」

「はい。おそらく、……まちがいなく。あの、……止まって、み月に」

激しい戸惑いに襲われたが、かろうじて隠すことができた。みつの瞳にあふれた、爆発しそうなほどの歓喜に気づいたからである。叫びたいにちがいない。辺りをとび跳ねたいにちがいない。嫂や二人の姉に、自分にも子が宿ったことを伝えたいにちがいない。そのいじらしいほどの思いが、源太夫の戸惑いをはねのけたのであった。

戸惑いとは……。

源太夫は四十一歳である。子供の誕生時は四十二、男の大厄であった。

息子の修一郎は、自分の長男佐吉よりも年下の弟を持つことになり、佐吉は年下の叔父を持つわけだ。いや弟や叔父ではなくて、妹か叔母かもしれない。

義理の母娘であるみつと布佐は、いつのまにか「おみつさん」「お布佐さん」と名前で呼んでいた。九つしか歳がちがわないので、そのほうが自然かもしれない。佐吉と、生まれてくる子供も、それなりの関係をつくってゆくだろう。それでいいのだ。

同時に頭をよぎったのは、周辺の連中の口さがないあれやこれやである。皮肉や羨望が飛びかうのは目に見えていたが、一個の生命の誕生をまえにすれば、それがなんであろうか。ちいさい、あまりにもちいさい……。

その瞬間だった。源太夫はなぜ自分の耳に鐘の音が聞こえ、権助には聞こえなかったかがわかったのである。

源太夫はこの一年という短い期間に、二人の男を殺していた。一人は刺客となった古い友人であり、もう一人は妻の前夫である。ともに避けられたかもしれなかったが、武士としてそうはしなかった。そしてあとになって強く悔いたのである。

おれは負だけを見、権助は正を見ていた。おれは死にとらわれ、権助は生に目を向けている。だからおれは鳴り響く鐘の音を聞き、権助は聞かなかったのだろう。

「実の兄弟として、わけへだてなく育てよう、な」

みつはうなずくと視線を移した。

明るい屋外では、体を左右に揺らしながら、とことこと市蔵が歩いている。その先には権助がいて、両手を幼児の腋《わき》の下に差し入れると、青空に向かって高々と差しあげた。

夏の終わり

一

岩倉源太夫と池田盤晴《ばんせい》が、道場を出て建物を曲がり庭に向かおうとしたとき、不意に鳥が飛び立つ羽音がした。それも一羽や二羽ではなく、何十羽という数である。藩校の教授方をしている盤晴の顔に、緊張が走った。日頃は目蓋《まぶた》が半分ほどもおりて眠そうに見える目を、いっぱいに見開いている。

「権助がまたやりおった」

源太夫は笑ったが、盤晴はわけがわからないらしく、首を傾げたままである。

「桝《ます》落としだ」

「ますおとし?」

盤晴が来るすこしまえに、源太夫は権助が日溜まりで居眠りをしているのを見ていた。叱ろうとしてかれは思いとどまった。雀がかしましく啼《な》きかわしながらこぼれ餌をついばんでいるのに、普段なら目の敵《かたき》にして追い払う下男《しやも》が気づかぬはずがない。

案の定、権助の指は細い紐《ひも》を握っていた。紐は一直線に軍鶏の小舎のまえに続き、その端は小指ほどの太さの小枝に結ばれ、その小枝が笊《ざる》を支えている。屑米《くずごめ》がすこしずつ撒かれて、笊の下に続いていた。笊には平らな石を載せてあるので、紐を引けば小枝がはずれて雀を封じこめることになる。

三十羽ほどの雀が庭におりていたが、笊には近づこうともしなかった。しかし、餌に釣られて次第に引き寄せられるだろう。権助は微動もせずにその瞬間を待っていたのである。

昨年の暮れにも、権助は桝落として雀をとらえていた。

軍鶏は餌を食い散らすので、餌箱の外にこぼれたのを雀が拾いに集まる。しかしこぼれ餌は、矮鶏《ちゃぼ》のためのものであった。腰高で翼が短い軍鶏の雌は卵を孵《かえ》すのがへたなので、卵を抱かせるために矮鶏を放し飼いにしてあるが、矮鶏には餌を与えない。こぼれ餌を拾わせるだけで十分なのである。

雀に横取りされてはたまらないので、権助は二、三ヶ月に一度は罠を仕掛けた。仲間がとらえられると、雀どもはしばらく近づかないが、餌のすくない冬場はそれも長くは続かない。

「生き物にはそれぞれ、習い性《しょう》というものがありまして」

なぜ、何ヶ月か置きに罠をしかけても、雀を簡単にとらえられるのだと源太夫が訊いたとき、権助はそう答えた。しかし、それだけではわからない。

「雀をだますには、動かなければいいのですよ。動けば逃げられます」権助は続けた。「雀は猫、蛇、鷹《たか》や百舌《もず》、ともかく動くものには気を許しません。そのかわり、動かなければただの物だと思います。だから権助めは死んだ振り。こいつ、ほんとにくたばったのか、そう思われたのではありませんか、大旦那さま」

まさに死んだ振りで、四半刻（約三十分）も身動きひとつしないのである。楽なように見えるが、長時間にわたって微動もしないのは、相当な苦行にちがいない。

すると雀どもは次第に警戒しなくなり、撒き餌につられて笊の下へと入ってしまうのであった。その瞬間、権助の腕が紐をしゃくり、支えた枝がはずれて雀を閉じこめるのだ。まさに電光石火の早業である。

源太夫と盤睛が庭に出ると、笊の中では雀があわてふためき、土埃《つちぼこり》が立っていた。今日はいつもより収獲があったようである。

盤睛に気づいて権助が頭をさげた。

「これは池田さま、お久しゅうございます」

盤睛はうなずくと柿の木を見あげた。雀はとらえられた仲間が気になるのだろう、啼きながら梢《こずえ》をあわただしく飛び交っている。

「一度に三羽か、たいしたものだ」

源太夫がほめると、下男は得意げに鼻をうごめかせた。

「桝では一羽しか獲《と》れませんが、今度は笊を用いましたので。それにしても、雀は愚かしいものでございます。包丁の背で骨までつぶして、若鶏に与えましょう。いいシャムに育てるには、こういうものを喰わせるのが一番ですからな」

軍鶏をシャムと呼ぶのは権助の癖である。

感心している盤睛をうながして、源太夫は母屋《おもや》にまわった。

風のないおだやかな日和《ひより》なので、南国の園瀬の里は汗ばむほどの陽気であった。

障子を開けた表座敷では、みつが縫物をしていた。一月に生まれた実子の幸司《こうじ》と、四歳になる養子の市蔵が小蒲団に寝かされている。

「池田さま、ようこそいらっしゃいました」

「あいや、おかまいくださいますな」

縫物を横に置いて立とうとするのを盤睛が制したが、みつは微笑んだ。

「すぐにお茶をお淹《い》れいたしますので」

みつを見送ってから、盤睛が源太夫に訊いた。

「すこしは慣れたか、父親というものに」

「まだ、しっくりと来なくてな」

「ヤットウのようにはゆかぬか」

盤睛は愉快でならぬというふうに笑った。

子宝を授かり、四十二歳で父親になるとは、源太夫は夢にも思っていなかった。子ができぬために離縁されたみつを後添いにもらい、市蔵を養子にして間もなく、みつが身籠もったのである。

二十歳のときに生まれた長男の修一郎には、すでに四歳になる跡取りの佐吉がいる。源太夫にとっては孫に当たるので、二人目の息子である幸司は年上の甥を持つことになった。

「ところで圭二郎《けいじろう》だが、すこしは変わったか」

盤晴に訊かれて、源太夫は首を振った。

「おれにそっくりだと言ったが、あれほど頑固ではなかったぞ、子供時分のおれは」

「おのがことはわからぬものだ」

盤晴はにやりと笑った。

源太夫が道場を開いたのは前年の二月のことである。

学問所や日向道場でともに学んだ池田盤晴が看板を書いてくれたが、その盤晴が相談に来たのは十月になってからであった。

頭は悪くないのだが、注意力が散漫でしかも頑固、同年輩の年少組の連中ともうまくつきあえない不器用な教え子がいる。盤晴はそう言った。

それが大村《おおむら》圭二郎である。徒士《かち》組頭大村庄《しよう》兵衛《べえ》の次男だったが、庄兵衛が腹を切らねばならぬことになる事件が起きた。大村家はお家断絶こそまぬかれたが、家禄を四が一に減らされて、冠木《かぶき》門とはいえ門構えのある屋敷から、組屋敷に移されたのである。

石高ですべての序列が決まる武家のことであれば、没落による喪失感は相当なものであるはずだ。家督を継いだ兄はまじめに仕事に励んでいたが、次男の圭二郎はその激変に耐えられなかったらしい。

盤晴が源太夫に相談に来たのは、剣に打ちこむことによって集中力がつき、圭二郎が自分を取りもどせるのではないかと考えたからであるらしい。

「なにしろ、十歳の子供だからなあ」

何度もそう聞かされていたので、盤晴が圭二郎を連れてきたとき、源太夫は驚かされた。十四、五歳に見えるほど大柄だったからである。

黙していると大人びて見えるが、口を開くと年齢相応のおさなさが顔を出した。ただし並はずれて寡黙《かもく》で、返辞以外はほとんど口を開こうとしなかった。そればかりか、子供にしては表情が異常なまでに乏《とぼ》しいのである。

突然起きた急激な変化で辛い思いが続いたために、分厚い殻で心を鎧《よろ》っているのであろう。そんなふうに源太夫は判じたのであった。

十一歳になって圭二郎の体はさらに成長したが、残念ながら盤睛が期待していたような変化は起きていない。

「人がそう簡単に変わるものではないか」と盤睛は溜息をついた。「剣のほうはどうなのだ」

「がむしゃらでな」

「見こみはないのか」

「要はきっかけだな」

「新八郎は」と、盤睛は道場時代の名で源太夫を呼んだ。「どうして急に強くなった?」

「急に? ……はて?」

「急に強くなったぞ。喧嘩剣法が一夜にして剣術に変わったと、おれの目には映った」

みつが茶と菓子を盆に載せて現われると、盤睛は瞳を輝かせ、相好《そうごう》を崩した。藩校の教授方は酒も好きだが、甘いものにも目がないのである。

「圭二郎のことだが、どう思う」

盤睛が帰ったあとで源太夫がみつにそう訊いたのは、思い出すことがあったからだ。ある日、みつが圭二郎の袴《はかま》を繕《つくろ》ってやったことがある。圭二郎が帰ったあとで、依怙贔屓《えこひいき》するのはよくないと注意すると、みつは瞬時考えてから言った。

「圭二郎どのがいじめられているのは、ごぞんじでしょう」

「だからこそ申すのだ。そなたが親切にすれば、陰でますますいじめられる」

「はい」みつは素直に認めた。「ですが、それに関係なく、圭二郎どのはいじめられます。たとえいじめに遭《あ》っても、自分のことを見守ってくれる人がいると思えば、いくらかでも耐えられるのではないでしょうか」

みつは少禄の武具方に嫁して、子を生《な》すことができなかったために実家《さと》にもどされたという経験をもっている。二人の姉も嫂《あによめ》も子宝に恵まれていたので、毎日が針の莚《むしろ》に坐らされる思いであったにちがいない。弱い者に対しては、源太夫などとはまるでちがった見方をしているのかもしれなかった。

「圭二郎どのの瞳は澄み切っています。……きっかけさえありましたなら」

「さて、そのきっかけだが」

「家禄が旧に復されるという見こみは、ないのでしょうか」

「一度決まったことは、容易に覆《くつがえ》せぬものだ」

腹を切るからには、それだけの理由がなくてはならない。ところが家禄を四分の一に減らされただけで、長男の跡式の相続は認められた。どうにもすっきりしないが、いつしか人の口にものぼらなくなった。

道場からは稽古に励む弟子たちの、甲高い掛け声がひっきりなしに聞こえてきた。一度、圭二郎と話したほうがいいかもしれないと思いながら、源太夫は稽古をつけに道場にもどった。

二

武者窓を通し、柿の若葉が陽光を反射して輝くのが見えたが、道場には熱気と汗のにおいがこもってむせ返るようである。源太夫はあとを竹之内数馬《たけのうちかずま》にまかせて庭に出ると、前日に鶏合《とりあ》わせ（闘鶏）の味見（練習）をさせた若鶏の鶏舎に向かった。

闘いのあとの軍鶏は身動きもせず、ひたすらに体力の回復を待つ。小舎は莚でおおってあるので内部は薄暗く、闘いで羽毛が抜け落ち、頭や頸に血を黒くこびりつかせたそいつらは、眼に白い膜をおろしたまま身じろぎもしない。

大村圭二郎と話してみる必要があると思いながら、いつのまにか四月の下旬に入っていた。麦の収穫を終えた田圃《たんぼ》は水を引いて耕され、田植えもすんで、頼りなげな稲の苗が、わずかな風にもやわらかな葉をゆらしている。

いざとなるとどう話すべきかあれこれと迷い、決断がつかないのであった。仲間とうまくやってゆけないだけならともかく、家の事情が絡んでいる。持っていきようによっては、追い詰めてしまうことにもなりかねなかった。なにかのきっかけを待つしかないだろうと、話すことを一日延ばしにしていたのである。

雄鶏《おんどり》の鶏舎を見てまわり、道場に近づいたときであった。

「おい、たいへんだ」

道場の扉が開閉される音と同時に、声変わりどきに特有の裏返った声がした。声の主は剽軽者《ひょうきんもの》の佐賀民夫《さがたみお》である。

「また、民夫のたいへんがはじまった」

だれかがからかいの声をあげた。

源太夫は窓に近づくと内部を覗《のぞ》きこんだが、全員の視線が民夫に集まっているので気づく者はいない。十人ほどの少年と竹之内数馬、そして非番の藩士二人の姿が見えた。「藤ヶ淵にこんなにおおきな鯉《こい》が」

民夫があえぎながら両腕をいっぱいに拡げて見せると、どっと笑いが起きた。

「こんなのだろう」

一人が両腕をいっぱいに開いたが、親指と人差し指で二寸（約六センチ）ほどのおおきさを示している。それを見て少年たちは弾けるように笑った。

「民夫にかかると、メダカも鯨《くじら》に化ける」

「あの川に、そんな大鯉がいるわけがない」

「本当だ！　神かけて誓う」

「カミはカミでも厠紙《かわや》」

爆笑が起きた。民夫は日ごろから大袈裟に騒ぐ傾向があるので、仲間に軽くみられているのである。源太夫は顔をひっこめて壁に寄りかかった。

「本当だ」

低いがよく透《とお》る声がそう言うと、道場内が一瞬にして静まった。竹之内数馬である。開いて一年あまりの岩倉道場で、二十二歳という若さでありながら、代稽古をつけるほどの腕の持ち主であった。

弓組の少禄者の次男坊だが、腕が立つ上に冷静沈着で客観的な判断力もそなえ、眉《び》目《もく》の涼やかな役者かと思うほどの美男である。

武具組頭の柏崎《かしわざき》家から婿養子《こ》に請われ、一人娘との婚儀も決まっていた。格ちがいで釣りあいの取れぬ縁組ではあったが、柏崎家の縁戚の養子となってから婿入りすることにしたので、表立った反対はなかったという。

娘が十四歳なので二年待つことになり、それまでに人並みの武術を習得したいと入門したのだが、もともと筋がよかったのか、だれもが眼を見張る上達ぶりをみせていた。無駄口をいっさい叩かず、下の者の面倒見もよく、教え方もじょうずなので一目《いちもく》も二目も置かれる存在である。養子縁組でもなければ一生浮かばれない次三男坊たちにとっては、憧れの的であった。

「この眼でたしかに見た。夕陽に染まった崖《がけ》が水に映って、それはきれいでな」

数馬はそう言って言葉を切った。

藤ヶ淵は、馬蹄《ばてい》のような形をした堤防が、花房川を押しやってその内懐に広大な盆地を抱く、まさにその起点に位置していた。

南西方向から流れくだった花房川は、堅牢《けんろう》な岩盤に当たって深い淵を掘り起こし、南東へと方向を転じている。淵の下手には堰《せき》が築かれ、湛《たた》えられた水は水門から盆地に引かれて、城下の水田を潤《うるお》しているのである。

淵にそそり立つ崖の中ほどには年古《としふる》った藤の蔓《つる》が横に這い、初夏にはかなりの長さにわたって薄紫の花房が垂れさがった。その花房が水面《みなも》に映り、上下から向き合って房を伸ばすように見えた。それが花房川の名の由来となっている。地元では重ね藤と呼んで、裕福な商人などは重箱に料理を詰め、酒肴《しゅこう》を用意して家族で出向き、対岸で宴を催した。

全員の視線に催促されたのだろう、とぎれとぎれにではあるが数馬は続けた。

「目のまえで鯉が体を曲げて空中に抜け、弓なりに反ったまま水面に落ちた。夕陽に腹が染まって、緋鯉と見まごうほどみごとでな。波がずいぶん長いあいだ、岸に打ち寄せておった。ゆうに三尺（約九十センチ）はある大鯉だ」

朴念仁《ぼくねんじん》だと思っていたが、なかなかの詩人でもあるようだ。柏崎家は武具組頭という職掌にもかかわらず、風雅をたのしむとの評判であった。娘は琴を弾《だん》じ、和歌を得意とすると聞いている。源太夫はこの縁組が、実り多いものとなりそうな気がした。

思いがけない証人によって、民夫の言葉は信じられることになったが、だれもが民夫のことなどは忘れて興奮し、たちまちにして大騒ぎになった。

悲鳴のような声が響き渡ったのは、そのときである。

「見つけたのはこのおれだ」大村圭二郎であった。声がすっかり上ずっている。「半月もまえに見つけた。あの鯉はおれのものだ！」

騒ぎが、潮の退いたように静かになった。数馬が手で制したらしい。

「三尺となると、三貫（十一キロ強）ではきかぬであろう。圭二郎がいくらおおきくとも、子供にはむりだ」

おだやかな声に、噛みつくように圭二郎が叫んだ。

「いや、やってみせる。かならずおれが獲る！」

源太夫が覗くと、圭二郎は蒼白な顔になり、目を血走らせてすさまじい形相《ぎょうそう》をしている。それを見てしらけたのだろう、少年剣士たちは群になって道場を出ていった。

しばらくして数馬の声がした。

「やってみるがいい。やってみなければわからぬからな。圭二郎ならできるかもしれん」

それに応える声はない。源太夫には今が話すべきそのときかどうかの判断がつきかねたが、圭二郎がますます孤立を深めることになったことだけは歴然としていた。

夕食のおりに話題にすると、みつは箸《はし》を置き、しばらく考えてから言った。

「ほかの人には鯉をとらえるだけのことかもしれませんが、圭二郎どのにとっては特別な意味を持っているような気がいたします」

「特別な意味?」

「納得したいのだと思われませぬか」

「なるほどな」

「圭二郎どのに獲らせてあげたいのですね。権助に話してはいかがでしょう」

屋敷の南面は庭だが、その先は濠《ほり》に面し、向こう岸は徒士の組屋敷になっている。さらに先には水田が拡がっており、間延びした蛙の鳴き声が南風に乗って聞こえてきた。

自分ははたして、圭二郎に鯉を獲らせてやりたいのだろうか。おのれが見つけたからおのれのものだという子供じみた考えはともかくとして、目を血走らせたあの形相はたしかに気になる。

なぜ、あれほどこだわるのであろうか。それに、とらえると言い張ったところで手も足も出まい。いかに大柄ではあっても、十一歳の子供なのである。

飯粒をこぼしたのでみつが注意したが、市蔵は叱られているということがわからないらしく、義母を見あげて満面に笑みを浮かべていた。

風がふたたび、蛙の鳴き声を運んできた。

三

一番鶏の啼き声を夢の底に聞き、二番鶏でおおきく伸びをして起きると、源太夫は井戸端で口をすすぎ顔を洗った。台所ではみつが朝餉《あさげ》の用意にかかっていた。雲ひとつない快晴で、園瀬の盆地を取り巻く四囲の山々は、切絵のように輪郭をくっきりと描き出している。

庭に出ると軍鶏の餌を作っていた権助が、源太夫に気づいてあいさつをした。顔をくしゃくしゃに歪めたが、それがこの下男特有の笑いで、能面の翁《おきな》のような顔になる。

菜刀《ながたん》で菜や野草を刻んで、糠《ぬか》を入れた底の浅い桶《おけ》に投げこみ、細かく砕いた貝の殻を加えると、権助は水を注ぎながら細い竹で満遍なくかきまぜた。適当に練りあわせ、鶏舎のまえに取りつけた木箱に入れてゆく。仕事は手際がよくて、見ていても気持がよかった。

懐手《ふところで》をした剣客を髣髴《ほうふつ》させる軍鶏の雄鶏は、犬猫のようにガツガツと餌に向かわない。ゆっくりと近づき、おもむろに頭をおろすのであった。しかも、ひとつつきするたびに首をおおきく左右に振るので、餌箱を深く造ってあっても周囲に餌が飛び散ってしまう。

菜っ葉や糠だけでは強い軍鶏は育たないと、午後になると権助は蚯蚓《みみず》や青虫、ぶつ切りの泥鰌《どじょう》などを与えた。さらにはこまめに糞を掻きだし、菜園の肥料として利用するのであった。

もちろん、新鮮な水を常に絶やさないようにしなければならない。軍鶏の世話だけをとってもかなり多忙だが、権助は日々の仕事の合間に雑作もなくこなしてしまう。

「関羽《かんう》は、いいシャムになりました」

ある鶏舎のまえで、桶から箱に餌を落としながら権助が言った。その若鶏は烏《からす》と呼ばれる漆黒の翼をしていた。闘いぶりがみごとなのとその艶々した羽毛の色から、『三国志』に登場する鬚《ひげ》の豪傑の名をつけたのである。

「ほかのやつらはぐったりしておりますが、大将はけろっとしています」

「羽根もさほど抜けておらぬようだな」

「きれいなものです」

「ほかに見こみのあるのはいるか?」

権助は答えない。

矮鶏に卵を抱かせて孵化《ふか》させても、七、八羽の中で残せるのはせいぜい一羽か二羽であった。ときには一羽もいないことさえある。そのようなときにはつぶすのだが、それは権助の役目であった。

働き者の下男は黙ったまま、つぎつぎと餌を箱に落としてゆく。源太夫はいっしょになって、ゆっくりと歩いた。

「藤ケ淵におおきな鯉が現われた」

「はい」

「つかまえられぬか」

権助は餌の桶を地面に置いた。眉のあいだに深い皺《しわ》を刻んでいる。

「やはりむりか」

「むり……とも言い切れませんが」

「歯切れがわるいな」

「時間がかかります」

「時間をかければなんとかなるのだな」

「機会は一度きり。それもいつやってくるのか、そのときにならねばわかりません」

「それほどむずかしいのか」

「三尺はあります」

「見たのか」

「あそこまで生き延びるとなると、頭抜けて利口でしょう。魚は卵をやたら産みますが、二年目を迎えられるのはほんのひと握りです」

水田で卵から孵った小鮒は一寸（約三センチ）ほどに育つと、小溝から用水に出、盆がすぎると城の濠に集まってくる。

前年の夏、怪我の療養をしていた源太夫は庭先から、小鮒の群が真っ黒な塊《かたまり》になって巨大な怪魚のように泳ぐさまを何度も目撃していた。そういえば、二寸前後の二年子は驚くほどすくない。三尺の鯉ともなると何億、いや何兆に一尾なのだろう。修羅場をくぐり抜けてきた猛者《もさ》中の猛者なのである。

「なんとかならんか？」

「なんとかしたいですが」

「なんとかしてくれ」

「……！」

「権助ならできるだろう」

「権助め、にしかできません」そういってから、下男はちらりと源太夫を見た。「ただ、信じていただけませんと」

「もちろん、おまえのことは信じておる」

「大旦那さまはともかく、その……」

「圭二郎だ」

「時間がかかります」

「かまわぬ、すきに使うがいい」

「七ツ（午前四時）から一刻（約二時間）ばかり、かなりのあいだ。それも毎日」

「どういうことだ」

「権助と二人だけで、隠密に動くようになりますが」

「そんな時間に、毎日か」

「むずかしいですか」

引き受けたからには勝算があるのだろう。それに、源太夫としてはこの男にまかせるしか方法がないのである。

「早朝の特別稽古というのはどうだ」

「道場に住みこみとなると助かります」

「圭二郎の兄に当たってみよう。が、そのまえに本人に話さねばならんが」

圭二郎が道場に現われたのは、同年輩の少年たちが帰ってからである。前日のことがあったので顔をあわせたくなかったのだろう。すばやく着替えると、片隅で素振りを始めたが、気持がまるで入っていない。

「圭二郎、稽古をつけるぞ」

源太夫は木刀を手にすると、軽く振りを入れてから二本を選んだ。

「存分に打ちこめ」

圭二郎は正眼に構え、源太夫は木刀をだらりとさげたままである。圭二郎が一気に突いて出た。源太夫がわずかな動きでかわすと、少年はつんのめったが、意外にすばやい動きで体勢を立てなおした。

圭二郎は無言のままひたすらに打ちこむが、体に触れることはおろか、稽古着を擦ることすらできない。源太夫は流れるような動きで軽々とかわした。

静かな道場に、踏みこむ足が板に立てる音と、木刀が空を切る音だけが続いた。源太夫は間一髪のところで切っ先をかわしながら、圭二郎を観察していた。

盤睛が言ったように、決して愚かではない。黙々と打ちこむのだが、おなじ手は用いなかった。おなじように見えても、技の組合せや間合い、呼吸を微妙に変えてきた。

余裕をもってかわしていた源太夫だが、かなりきわどい場面もあった。木刀の切っ先がほとんど触れそうになったことさえあったし、何度かは木刀で受けねばならなかったのである。

源太夫が驚いたのは、圭二郎がただがむしゃらに向かってこなかったことであった。かれの経験、そして年齢であれば、たちまち息があがってしまうものだが、時間が経ってから、むしろ鋭い剣が繰り出されることがある。

しかし、さすがに動きも鈍りはじめた。汗が滴《したた》り落ちているし、肌に貼りついた稽古着は、すっかり湿って重そうであった。

「よし、それまで」

源太夫がそう言うと、圭二郎はかろうじて一礼し、その場に膝を突いてしまった。木刀で支えなければ、倒れそうなほど疲れているのである。

「圭二郎、あとで母屋に寄れ」

着替えのために控え室に向かう圭二郎に声をかけて、源太夫は道場を出た。

四

庭に面した六畳間の障子を開け放ち、腕組みをして突っ立ったまま、源太夫は外を見ていた。濠の一部が細長い帯状に見え、水面が空を映して青かった。

汗を拭き、冷水で顔を洗ったらしく、圭二郎は疲れてはいてもさっぱりしたようすで現われた。二人が坐ると、みつが茶と萩餅《はぎもち》をのせた盆を運んできた。それを見て圭二郎の緊張が、わずかにほぐれたのがわかった。叱られるのではないと安堵《あんど》したらしい。

「疲れには甘いものがいいそうだ」

圭二郎は一礼して萩餅を手にすると、遠慮がちに口に運んだ。

黙々と食べる圭二郎を見ながら、源太夫はかれがなぜ藤ヶ淵の大鯉に執着するのか、父親の自裁によって家族がどのような立場に置かれたか、鯉が圭二郎にとってなにを意味しているのか、などということを考えていた。

圭二郎が食べ終わったので、源太夫は自分の皿を少年のまえに押し出した。

「遠慮するな」

侍の子がおおきな鯉をとらえたとして、なにも変わるわけではない。徒士組頭から家禄を四分の一に落とされ、門構えのある屋敷から組屋敷に移されると、そこが生きる空間になるのである。

おそらく、圭二郎にも自分の立場は十分にわかっているのだろう。その上で敢《あ》えて、かれは鯉を獲らねばならないと自分に言い聞かせているらしい。みつが言った納得の意味は、そのことを指していたのだ。

源太夫が剣の師匠に稽古のあとで残るように命じられ、剣に励んで道を拓《ひら》けと言われたのは十二歳であった。圭二郎とほとんどおなじ年齢である。歳は当時の源太夫が一歳上になるが、体格では今の圭二郎のほうが比較にならぬほど立派であった。

あのときの師匠の言葉で、源太夫のその後は決まった。あるいは、自分の言葉で圭二郎の一生が決まるかもしれないのである。

萩餅を食べ終わった圭二郎は、茶を飲んでいた。

「明日から道場に住みこめ」

圭二郎は茶碗を下に置いた。

「兄者にはわしが話す」

「……？」

「毎朝、特別に稽古をおこなう」一呼吸置いて源太夫は続けた。「住みこむ理由はほかにある。藤ヶ淵の鯉をとらえるためだ」

「……！」

「あれだけの鯉だ。簡単にはゆかぬ。時間がかかるだろう」

圭二郎は飛び出しそうなほど、目を見開いた。強く握りしめたため、両膝に置いた拳《こぶし》が真っ白に色変わりしている。

「とらえたくないのか」

「……いえ」

圭二郎の目は別人のように光っていた。

「とらえたところでなにも変わりはしないだろうが、それでは納得できぬであろう」

「…………」

「とらえてみろ。そうすればわかる。武家は格式に雁字搦《がんじがら》めに縛られているが、家を継いだは兄者だ。そちは家には縛られずにすむ。しかしだな、なにもない次男坊を人が認めると思うか」

圭二郎は弱々しく首を振った。

「方法はある」

「学問か剣で抜きん出ることだ。学問は好きか」

「……？」

「いえ」

「剣はどうだ」

「わかりません」

「好きか嫌いか」

「嫌いではありません」

「十分だ」源太夫は大声を出し、それから微笑した。「わしを超えられるかもしれん」

「まさか」

「やってみねばわからぬ」

「………………」

「どうだ、やってみぬか」

「やります！」

「みつ」と源太夫は妻女に声をかけた。「権助を呼べ」

忠実な下僕はすぐに姿を見せた。

「圭二郎が明日から道場に住みこみ、早朝稽古をおこなうことになった。それから、藤ヶ淵の鯉をとらえるので、力を貸してやれ」

「はあ」

「鯉をとらえるのは圭二郎で、おまえは教え、力を貸すのが役目だ」

「はあ」

「いいか圭二郎。わしが剣の師匠で、権助が鯉の師匠だ」

「はい」

「よし。では、兄者に話しに行くとしよう」

圭二郎に考える隙を与えずに、源太夫はただちに大村家を訪れることにした。七ツ(午後四時)を半刻(約一時間)ほどまわっているので、圭二郎の兄は下城しているはずである。

徒士の組屋敷は濠の向こうにあるが、濠には三本の橋しか架けられていないので、コの字形に大きくまわらねばならなかった。

屋敷を出ると、目のまえは調練の広場になっている。その先は濠となり、対岸には上級藩士の屋敷が並び、さらに広い大濠がある。その向こうには、塀で囲われた重職の屋敷が並んでいた。斜面が次第に急になって、西の丸、三の丸、二の丸と続き、その上に白亜の天守閣が聳《そび》えている。

門を出ると右に折れ、東に向かった。屋敷の両隣は空地になっている。二町ほど歩いて明神橋《みょうじん》を南に渡り、右に進むとそこが徒士の組屋敷で、圭二郎の住まいは左端である。

畳一枚分の土間と同程度の板敷きという名ばかりの玄関に現われた圭二郎の母親は、四十まえの大柄な女であった。粗末な身なりではあるが、組頭の妻女であったころの風格がそこはかとなく感じられた。

あいさつがすむと、すぐに当主が姿を見せた。やはり大柄だが、圭二郎よりはおだやかな顔立ちをしている。

「弟がなにか」

源太夫が圭二郎を伴って現われたので、面倒を起こしたと勘ちがいしたらしい。ただし物言いは礼儀正しく、卑屈さはすこしも感じられなかった。つい最近まで組頭であったという矜持《きょうじ》が、そうさせているのだろう。

六畳が二部屋に四畳が一部屋、そして四畳ほどの板敷きと土間で、土間には竈《かまど》と狭い流しがしつらえられている。

「いや、そのようなことではござらぬ。実は相談したきことがあり、ご無礼もかえりみず押し掛けた次第で」

「相談……と申されますと」

源太夫の訪問の意図をはかりかねているらしく、兄の受け応えは慎重であった。盤睛池田秀介にたのまれて半年ほど圭二郎のようすを見ていたが、思うところあって早朝に稽古をつけてみたい。ついては、毎朝早い時刻に通うのは家族の方にも迷惑をかけることになるので、道場に住みこむようにできないかと源太夫は打診した。

「圭二郎はものになりそうですか」

「それがしの見たところは。もっとも保証はいたしかねます。要は本人次第ですのでな」

「ごぞんじでしょうが、いろいろありましたので」と兄は言った。「どうにもわがままになってしまい、自分勝手な振る舞いをしでかして手を焼いております。かえって、ご迷惑をおかけすることになりはせぬかと」

「お預かりする以上、責任はもちます。そのかわり少々厳しくなりますが」

「それは、こちらからおねがい申さねばならぬことです」

道場には門弟が稽古着に着替える部屋のほかに、控えの小部屋をしつらえてあった。だれかが泊まる場合のことを考え、蒲団も用意してある。

住みこみなので学問所にも道場から通うことになるし、午後の稽古もほかの門人といっしょにおこなう。家にはせいぜい月に一度くらいしか帰れないと、源太夫は念を押した。

「決まったからには、早いほうがよろしいのですが」

不意に圭二郎が両手を突いた。

「兄上。今日から行かせてください」

「なにを言うのだ。先生にもご都合がおありになる」

「一向にかまいません」

あるいは藤ヶ淵の大鯉をとらえたいとの一念かもしれぬな、と源太夫は心の内で苦笑した。かれは鯉をダシにして稽古をさせれば、そのうちに剣術のほうがおもしろくなって、鯉のことなどどうでもよくなるのではないだろうかと考えていたのである。

その考えは甘かったかもしれない。

「ほとんど家には帰れなくなる」と源太夫は言った。「話すこともあろうゆえ、明日からにしたほうがいいのではないのか」

「いえ、参ります」

「こういう頑固なやつでして」

兄がやや困惑ぎみに言った。

結局、圭二郎はその夜から道場に住みこむことになった。衣類など身のまわりの品は翌日に母親が届けることになり、源太夫は圭二郎を伴って大村家を辞した。

五

圭二郎の表情から生気が感じられなくなったのは、道場に住みこんでひと月が経ったころである。気負って張り切りすぎた反動で疲れが出たか、あるいは長雨のせいで気が重くなったのだろうという程度にしか、源太夫は考えていなかった。

住みこんだ翌朝に源太夫が起床したとき、権助と圭二郎は藤ヶ淵からもどったところであった。前日の稽古があり、また早朝に起きたせいもあって、圭二郎はさすがに疲れた顔をしていた。

朝食をすませると、源太夫は圭二郎に五百回の素振りを命じたが、二百回で顎があがってしまった。おそらく二、三日は腕が棒のようになってしまうだろう。しかしそれは、剣術を学ぶために必要な基礎体力だと源太夫は考えていた。本格的な早朝稽古は、五百回の素振りを苦もなくこなせるようになってからつけるつもりであった。

圭二郎は毎朝、藤ヶ淵へ行き、道場にもどって素振りで汗を流すと、午前中は三日置きに学問所に通う。帰れば門弟たちとの稽古が待っており、そのあとには道場の拭き掃除をしなければならない。

ひと月経っても朝は素振りだけであった。圭二郎は黙々と日課をこなしていたが、若い者がそれに満足できるはずがないのは、源太夫にも十分にわかっていた。しかし敢えて続けさせた。

素振りは単純な繰り返しであり、だれであろうと飽きてしまう。それでも反復しなければならぬとなると、さまざまな雑念が頭の中にあふれ出る。その最たるものは、こんなことが本当に役に立つのであろうか、という疑問である。

来る日も来る日も繰り返し、それが苦痛でなくなるころには雑念も湧かなくなり、剣術に取り組める体もできている。圭二郎は耐えるだろうと源太夫は考えていたし、現にそれをやり遂げようとしていた。おかげで見ちがえるように腰の据わりが安定し、足の運びが滑らかになっていた。

それだけに余計、生気のなさが気にかかるのである。しかし、疲れが出るころだからあまり深く考えないほうがいいでしょうと、権助は楽天的であった。

無口な圭二郎も、毎日いっしょに藤ヶ淵に行く権助には、すこしずつ心の内を話し始めたらしい。おそらく、世故《せこ》に長《た》けた権助は、時間をかけて聞き出したのだろう。

圭二郎の眼には、父親の自裁によって兄が別人になったと映ったようであった。乱暴のかぎりを尽くしていたのに、兄は百八十度の変貌を見せた。

だが圭二郎はちがう。父の死くらいで変わりたくないという気持が強かった。しかし、父が健在なころとおなじように振る舞おうとしても、周囲がそれを認めない。圭二郎はそれまでにもまして悪童ぶりを発揮するようになり、愚かしいことや無茶なことに熱中するようになった。

四月になるのを待っていたように藤ケ淵に潜り、ヤスで魚を追ったりもした。いくら南国とはいえ、水はまだ冷たい。地上では汗を流すような陽気であっても、潜ればたちまち唇が紫色になってしまう。しかし圭二郎には、だれよりも早く潜ることに意味があったのである。

たしかに意味はあった。岩角に手をかけて前進しながら、割れ目に潜む魚影を求めていた圭二郎は、大岩をまわった途端にそいつと顔を突き合わせた。

途方もない大鯉であった。円《まる》く開けた肉厚の吻《ふん》は、拳が入りそうなくらいおおきい。真円の目玉で睨みつけられて、金縛りにあったように動けなかったのである。

鯉が尾鰭《おびれ》をひと振りして悠然と泳ぎ去ろうとしたので、われにかえってヤスを突き出すと手応えがあった。いや、ありすぎた。手首への強い衝撃とともにヤスは跳ね返され、鯉はあわてることなく泳ぎ去った。

そのとき、圭二郎は視野の片隅に光るものを見た。突いたときに剥がれた鱗《うろこ》の一枚が、ゆらゆらと沈もうとしていた。水を蹴って鱗を追い、手を伸ばしきってかろうじて鱗を受けとめたが、息苦しさが限度に達していた。

圭二郎は激しく手足を動かして水面を目指した。揺れ動くたびに色を変える水面が明るさを増しながら迫ってきたが、もうすこしというところで我慢しきれずに口を開け、しこたま水を飲んでしまったのである。同時に、頭が空中に抜けていた。

権助はその証拠の品を見せてもらったらしい。

長径が一寸もある楕円形の鱗には、いびつな同心円状の線がかすかに入り、表面は硬質な無数の小突起に覆《おお》われていた。

大鯉の胴体にあったときは赤銅《しやくどう》色に見えたというが、中心部が蒼味がかった薄い緑色を帯《お》び、周縁部になるにつれて黄あるいは濃い乳の色をし、雲母《きらら》を敷きこんだように無数の光沢があった。鱗のほぼ中央からは放射状にかすかな線が伸び、その線ぞいには雲母の輝きがほかよりも多く分布している。

掌にのせた鱗を見ているうちに、圭二郎の内部でなにかが変わったようだ。

同年輩の仲間がやたらと幼く思えて遊ぶ気にはなれず、一人で山野を歩きまわることが多くなった。

山に登り、瀧のそばで一日中轟音に耳を傾けているかと思うと、山の頂上から麓《ふもと》までどのくらいの時間で駆けおりられるかを試すというような、まるで意味のないことに熱中せずにはいられなくなり、その嵐が去ると反動のようにおとなしくなった。圭二郎は一人きりになれる秘密の場所を何箇所か持っており、ぼんやりと坐っていることが多くなったのである。

四月半ばのある晴れた日のことだ。山路をはずれて道とも思えぬ道をナナカマドやハンノキにつかまりながらおりてゆくと、樹葉のあいだから向こう岸の懸崖《けんがい》や光る水面が見えがくれしはじめ、そして不意に藤ヶ淵がその全貌を現わした。自分の場所からは一望のもとに四囲を見渡せるが、注意深く探されでもしないかぎり発見されるおそれのない場所であった。

白く泡立ちながら早瀬を流れてきた水が岩盤にぶつかり、淵を掘り起こし、反転して流れくだってゆく。岩に激突した奔流は身を翻《ひるがえ》すように下流に向かうが、一部が逆流して山肌を削《けず》り、長い年月をかけて淵の斜め後方にほぼ円形の沼を造りあげていた。

沼は金茶色の微細な泥によって覆われている。崖の上から小石を投げると、狼煙《のろし》のように一条の濁りが立ち昇った。わずかな濁りが四半刻も消えないほど、泥の粒子は細かい。

圭二郎は淵を見おろす秘密の場所に坐って、流れる雲やクヌギの幹をいそがしく上下するヤマアリ、樹液に群がる蝶などを見ていた。岩場にしがみついたツツジの薄い赤紫の花が、陽光に照らされて、濃い緑の葉に美しく映えていた。

光る水面を見、翡翠《ひすい》色の淵を眺め、浅い沼地に視線を移したかれは、思わず身を乗り出した。

紡錘形の物体が、おなじおおきさの濃い影を水底に落として漂っていたからである。周りには、同形だがずっと小型のものが集まっていた。水が澄みきっているので、上から見ると空中に浮いているような錯覚を覚える。

圭二郎は声をあげそうになった。まちがいなくあの鯉だ。それにしてもなんというおおきさだろう。まわりに蝟集《いしゅう》する鮒や鯉にしても、一尺はあるはずだ。一尾というよりも一頭と言ったほうがいいほどの、花房川にはどう考えても場ちがいに巨大な鯉である。

鯉は倒立すると、水底を掘り起こして餌を漁りはじめた。火山の噴煙のように泥が湧きあがった。

圭二郎は鯉が遊弋《ゆうよく》し、岩角を曲がって淵の深みに沈んでゆくまで、息を詰めて見ていた。体が細かく震えた。

なんとしても自分の手でとらえたかった。急ぐ必要がある。あれだけの鯉だ、目撃されるのは時間の問題だろう。あっというまに噂が拡がるにちがいない。

民夫が道場で騒ぎ立て、心配はほどなく現実のものとなったのである。

「毎日、藤ヶ淵まで出かけて、なにをしておるのだ」

源太夫が訊くと、権助は短く答えた。

「餌つけです」

「餌つけ？」

「毎日、おなじ場所に団子を投げて帰ってまいります」

「それだけか？」

「はい」

「それでは圭二郎もあせるだろう」

「ほかに方法はありませんので」

「偶然、だれかが釣りあげるという心配はないのか」

園瀬藩には漁師顔負けの釣りの名手が多かった。藩は藩士に釣りを奨励し、そのために領内の河川や池では網による漁を禁じていた。網といっても枠のついた円や半円の掬《すく》い網ではなく、平底の舟を使って広範囲に張り、魚を追いこむ網のことである。釣りと投網《とあみ》だけが許されていた。投網は拡がったとしても径が一間（約一・八メートル）あまりであり、網が沈むまでに逃げることもできるので、一網打尽にはならない。網による密漁には敲《たた》き刑が科せられ、悪質な場合や再犯は領外追放となる。

藩士には釣りに熱心なものが多かった。なぜなら鮎や鯉などは町の料理屋が買い取ってくれるので、普通の内職よりも実入りがいいのである。しかも貧乏くさくなく、釣りそのものがたのしい。趣味と実益を兼ねているので、多くの者が励んでいた。

「心配はご無用です」自信たっぷりに権助は言った。「花房川の水は澄んでおります。三貫の鯉を釣りあげるには、相当に太い糸でなければ切れますが、太ければ見えるので、百戦錬磨の古強者《ふるつわもの》は近づきもせんでしょう。細ければ切れて、釣りあげることができません」

「なら、権助にしてもむりであろう」

「いえ。ただし機会は一度だけです。しかもいつやってくるかわかりません。準備を整え、待つしかないのです」

「ヤスで突かれる心配はないのか」

「鯉は用心ぶかいので、かならず逃げられる場所にいます。鯉の巣、つまり隠れ家には二つ以上の逃げ道があります」

「くわしいのだな」

「前世は鯉でした」

軽口に源太夫は苦笑した。

「心配がないくらいのことは言ってやれ。なにも知らずにあせっている圭二郎が、不《ふ》憫《びん》でならん」

「わかりました。ま、おいおいにとは思っておりましたが」

「相手は子供だ。鯉のことしか考えておらぬからな」

六

権助が話したからだろう、圭二郎に明るさがもどった。

民夫が道場で鯉を見た話をしてすでにひと月以上がすぎたというのに、だれ一人として大鯉の姿さえ拝むことができないという事実が、権助の言葉を裏付けたことも手伝っているようだ。稽古にも、自分から取り組む姿勢がみられるようになった。

「明日から本格的に稽古をつけるぞ」

頃合いを見計らってそう告げると、圭二郎は「はい」と弾んだ返辞をした。

数日後の朝、源太夫が引き戸を開けて庭に出ようとすると、藤ヶ淵からもどって軍鶏の世話をはじめた権助と圭二郎が、向き合ったまま突っ立っている。源太夫は戸から手を離して、思わず聞き耳を立てた。

「鎧《よろい》武者と呼ぶことに決めたのだ」圭二郎はかなり力んでいた。「ヤスを跳ね返した。まるで歯が立たなんだ。鎧武者に決めたのだから、権助もそう呼ばなければだめだぞ」

「とんでもない」権助は圭二郎の意気ごみを躱《かわ》すように、静かな、しかし断固たる口調で言った。「立派すぎます」

「立派なのだ、あの鯉は」

「いい名で呼んでいると、いつのまにか相手をえらいと思いこんでしまうものです」

「鎧武者は別だ」

「相手をえらいと思うようになると、勝負はできません。いくら利があっても、土壇《どたん》場《ば》でひっくりかえされてしまうものです。あいつが生きものならこちらも生きもの、

「そういう気持ではじめて対等に闘えるものですよ」

わが下男ながらたいしたものだと、源太夫は感心した。そのまま剣の道にも通じる。

梅雨が明けると、強烈な南国の陽光が照りつける日々が続いた。するとまたしても、圭二郎の顔に翳《かげ》りが現われるようになった。

「浮かぬ顔をしておるな」

「先生が剣の師匠で、権助が鯉の師匠だとおっしゃいました」

「たしかに申した」

「権助はなにも教えてくれません」

「どういうことだ」

「毎朝、藤ヶ淵に投げる団子には、なにかを混ぜているらしいのですが」

「なにか？」

「蜂蜜とか胡麻油だと思います」源太夫が黙っているので圭二郎は続けた。「爪で引っ掻いて、嘗《な》めてみました」

「教え方にもいろいろある。口で言うだけが教えではないからな」

「訊いても教えてくれないのです」

「わしは権助に、圭二郎が鯉をとらえるのに力を貸すように命じた。あの男が約をちがえているわけではなかろう」

圭二郎は口を尖らせたまま黙ってしまった。

かれを悩ませる問題はほかにもあることが、源太夫にはわかっていた。雨が降らぬために、水位が急速にさがりはじめたのである。

淵に垂直に落ちこんだ崖には、平行する横線が描かれていた。水面から離れるにつれて色が薄くなるのは、岩の表面をおおった水垢《みずあか》や水苔《みずごけ》が、時間とともに乾くからであった。水量がすくなくなれば鯉の居場所はせばめられ、とらえられる確率は高くなる。

雨が降らず、大地や草地が乾くにつれて水位の低下には加速がついた。

六月に入ると二尺（約六十センチ）もさがり、圭二郎が崖の上から鯉を見た沼池も、周辺は乾いた泥が白くなって罅《ひび》割れが深い亀裂をつくっていた。が、権助は百年一日のごとく、毎朝、圭二郎を連れて淵に出かけては、おなじ場所に団子を投げるのであった。

水量が減って藤ヶ淵が浅く狭くなると、諦《あきら》めていた連中がまたしても釣り糸を垂れ、ヤスを手に鯉を求めて潜るようになった。しかし、権助はまるで平気である。自分以外には大鯉をとらえることなど絶対にできはしないという、信念を持っているとしか思えない。

大地が太陽に炙《あぶ》られて入道雲がわきあがり、突然の雷雨が襲うこともあったが、せいぜい艶を失った樹葉や河原の石をおおった埃《ほこり》を洗い流すくらいのことである。周辺から淵に白濁した水が流れこみ、淵の周縁部を笹の葉色に変えるだけであった。

ある日、権助が圭二郎の午後の稽古を休ませてもらいたいと言ってきた。許可を与えると二人は新しい草鞋《わらじ》を履いて出かけたが、帰って来たときの圭二郎の表情はおだやかになり、しかも輝いていた。

「どんな手妻《てづま》を使ったのだ」

権助に訊くと、鯉が餌づいている証拠を見せて安心させたと言う。

権助と圭二郎は藤ヶ淵の背後にまわり、崖道を通って淵のほぼ中央部の棚になった岩場に出た。

暑さ負けしたキリギリスは、日没後や早朝の、いくらかでもしのげる時間にしか鳴かなくなっていた。元気なのは蟬だけである。熊蟬と油蟬に、ツクツクボウシの声が混じっていた。秋が足音を忍ばせて近づいているのだ。やがて空気がさわやかになり、南国の長い夏も終わるのである。

淵に流れこむ瀬が乾《ひ》あがったので、水面は鏡のようであり、崖の上からは澄み切った水中のようすがはっきりと見て取れた。権助が指差した水底には、ほぼ円形の、丼鉢ほどもある穴が掘られている。

「鯉は逆立ちして、砂泥を口で掘りながら餌を探すものでしてな。だから丸い穴ができます。一貫（約三・七五キロ）の鯉で汁椀くらいの穴を掘りますが、あの穴はずっとおおきい。鯉が穴を掘る。時間が経つとゴミがたまる。あの穴はできたばかりできれいなものです。あいつはまちがいなく団子を喰っておるのです」

安心した圭二郎は、権助の言うそのときというのはいつなのだと執拗《しつよう》に訊いたらしい。

「まだまだ子供だのう」

とは言ったものの、実は源太夫も知りたくてたまらなかったのである。

権助によると、そのときとは大雨の直前であった。

川が何日にもわたって赤濁りになるような洪水のときには、餌を満足に得ることができないので、魚どもはそのまえに必死になって喰いだめをする。鯉は用心ぶかいし、あいつは特別に利口だが、きっと油断するはずである。それだけこちらが有利になる。

餌づけが成功しているので明日にでも釣れぬことはないかもしれないが、ねらえるのが一遍かぎりなら、釣れる可能性の高いときが到来するまで待つべきなのであった。雨が降り、川が濁りはじめる。そのころには太い釣り糸も見えにくくなるし、鯉は必死になって餌を漁るので、喰いなれた団子に対しては不審を抱かず喰いつく。

ある日、圭二郎が叫びながら駈けてくるなり、息を弾ませて言った。

「権助！　来たぞ。ついに来た！」

西の空が真っ暗である。が、権助は首を振った。猛烈な土砂《どしゃ》降りが園瀬の盆地を襲ったが、やがて雲は去り、半円の虹が出た。

権助は自信満々だが、源太夫はいささか心配になった。

弱い雨が断続的に降って、川の水が濁ることなく次第に増してゆけばどうだろう。鯉は警戒心を緩めることがなく、とすれば釣り糸に気がついて、餌の団子には近づきもしないのではないのかと、そんな危惧《きぐ》を抱いたからである。

七

源太夫は闇の中で目を醒ました。湿気が影のように重くまとわりつき、動作が鈍く感じられるほどだ。

屋外は無音の世界であった。大気には水の蒸気が飽和し、その濃い微粒子が音を吸い取ってしまうのだろう。嵐が来ると権助が言っていたが、その直前の静けさなのかもしれなかった。

厠からもどって横臥《おうが》し、うつらうつらしたと思うと今度は猛烈な雨音に起こされた。雨戸を開けて濡縁に出た源太夫は、声をあげそうになった。雨の激しさはその音で予想していたが、大気が夏の終わりとは思えぬほど冷たかったからである。

庭木や地面にぶつかる雨滴が、自らの重みで粉々に砕け散り、霧になって漂っていた。雨は垂直に降っていたが、戸袋や柱までもが水びたしになっている。

それにしても激しい降りであった。ヤツデの葉が、だれかが根もとで揺さぶってでもいるかのように踊り狂っていた。庭の松の木までは二間（約三・六メートル）ほどの距離しかないが、その空隙《くうげき》には、天から篠の束を突き立ててもするかのように雨が降り注いでいた。

激しい雨はいっかな止みそうにない。夏の終わりであれば、十分に明るくなっている時刻であった。分厚い雨雲が盆地全体に蓋をしてしまったとしても、この暗さは尋常ではなかった。山水画に灰緑色の霧を吹きかけたように、風景が滲《にじ》み、煙《けぶ》り、くすんでいた。

「お茶をお持ちいたしました」

みつが盆に湯呑茶碗を載せて持ってきた。

「蛙も痛いのでしょう」

視線を追うと、軒下に小指の爪に手足をつけたほどの小蛙が無数に集まっていた。雨を逃れてきたらしく、濡れて光る土の上でそれぞれ好き勝手な方向を向いている。この夏にオタマジャクシから尻尾がとれたばかりで、雨滴を全身に浴びてたのしめるほど体ができてはいないのだろう。いや、この雨では親蛙といえども耐えられそうにはない。

「遅いですね」

「藤ヶ淵に出かけたのだ」

「この雨の中をですか」

「いや、降り出すまえに淵についているはずだ。今頃は大鯉を釣りあげておるだろう」

五ツ（午前八時）になったので源太夫は道場に出たが、圭二郎の姿は見えなかった。普段なら、源太夫が起きる時間に権助と圭二郎は藤ヶ淵からもどり、食事をするのであった。それからひと休みして、権助は軍鶏に餌を与えたり糞を掃き出したりする。圭二郎は道場を拭き清め、ほかの門弟が来るまで源太夫に稽古をつけてもらうのであった。

雨は弱まるどころか、ますます激しさを増したようである。非番の藩士が三人、稽古をしているのを見て、源太夫は道場を出た。出るまえに控え室を覗いたが、やはり圭二郎はいなかった。

権助が起居している部屋も空である。人の子を預かっているだけに気懸かりだが、権助がついているなら心配は無用だろうと自分を納得させるしかない。

五ツ半（午前九時）に竹之内数馬が来たのであとをまかせ、源太夫は母屋にもどった。

「なにかあったのでしょうか」

足駄を履いていると背後でみつの声がした。屋根を打つ雨音で声が聞き取りにくい。

「心配ないとは思うが、見てくる」

「雨合羽《あまがっぱ》をお出しいたしますか」

「よい。この雨ではおなじだ」

みつに見送られ柱を二本建てただけの門を出ると、源太夫は調練の広場を横切った。

濠沿いに植えられた柳の並木が、雨に叩かれながら重そうに枝を垂らしている。濠の水は大粒の雨に打たれて、まるで沸き立っているように見えた。

風はないが、傘はなんの役にも立ちはしなかった。頭髪や鼻先に手をやると、すっかり濡れている。

蚯蚓がのたうちながら流されるのを見て、源太夫は思わず立ち止まった。居場所が水びたしになり、逃げだしたところを流されたにちがいない。

少年のころ権助に、良い蚯蚓と悪い蚯蚓の見分けかたを教えられたことがある。

「魚を釣るためには、いい餌を探すことです。道具よりも餌といいますから、元気の元気のいい蚯蚓をとらえることとです。元気のよい蚯蚓ほど、味もよければ匂いもよろしい。と申しても、人ではなくて魚にとってですが」

権助は棒を手にすると、庭の蜜柑の根もとに源太夫を連れて行った。

蜜柑や柿のような果樹の根もとには、肥料になりそうなあらゆる物が積みあげてある。古畳、末成りの瓜やカボチャ、むしり取った雑草などである。

土がほこほことして滋養たっぷりなのだろう、蚯蚓にとっては絶好の餌場となっていた。

権助が棒で蜜柑の根もとを激しく突くと、蚯蚓が先を争って飛び出してきた。濡れて艶やかな、栄養たっぷりではちきれそうな十匹ほどを、権助はすばやく餌箱に入れた。

「なぜに蚯蚓が出てくるかおわかりですか」源太夫が黙っているので権助は続けた。

「オンゴロが来たと勘ちがいするのです」

「オンゴロ?」

「はい、オンゴロ。オゴロモチとも言いますが、モグラです。蚯蚓が好物ですからな」

源太夫は何度か折れ曲がりながら、灌漑《かんがい》用水沿いの道に出た。藤ケ淵に行くにはその道がもっとも近かったが、しばらく歩いて立ち止まった。水田の中に建てられた藁《わら》葺《ぶ》き小屋の軒端から、薄青い煙がもれたように感じたからである。

畦《あぜ》のように細い道を、源太夫は小屋に向かった。横手に小窓があり、そこがかすかに明るく見える。

窓から覗くと、農具などをしまっておく作業用の小屋のようであった。

土間では火が焚《た》かれ、それを挟んで権助と圭二郎が坐っていた。二人とも下帯だけという格好で、権助の横には受網《たも》が置かれ、壁には釣竿が立て掛けてある。その穂先が折れているのを知って、源太夫はすべてを悟ったが、それにしては圭二郎の表情が明るくおだやかなのが意外であった。

軋《きし》む引き戸を開けると、二人が同時に顔を向けた。

「大旦那さま、いかがなされました」

「遅いのでな」

「ずぶ濡れではございませぬか。お体に障ります。乾かされませ」

焚火を取り囲むように藁束が置かれ、二人の着ていた物が拡げてあった。

「着物が乾いてから帰ろうと思ったのですが、ますますひどくなってまいりました」

「……だめであったか」

「いや、思ったとおりに運びまして」

「獲物が見えぬが」

「でも、釣りあげました」

圭二郎が初めて口を開いたが、悔しそうな響きは感じられなかった。

「わしも乾かそう」源太夫は帯を解きながら言った。「どうせ帰りは濡れ鼠になるだろうがな。どうだ、武勇伝を聞かせてくれぬか」

八

権助が言っていた、たった一度の好機はやはり到来したのである。

圭二郎が道場から出ると同時に権助が母屋から姿を見せたのは、猛烈な雨音に源太夫が眠りを破られる半刻ほど前のことであった。すでに用意万端整えてある。濡れた岩場でも滑ることのないように真新しい草鞋を履き、釣竿や受網、餌の団子や板に巻きつけた釣糸などを手分けして持った。

二人は無言のまま急いだ。眼がなれてくると、厚みと重みを感じさせる黒雲が、山の中腹までおりているのがわかった。東の方角にだけ雲とのあいだに隙間があって、かすかに白く稜線が浮き出ていた。昼間とは別の世界が横たわり、足許の地面や路傍の草までもが闇を孕《はら》んで曖昧《あいまい》な貌《かお》を見せている。

藤ヶ淵への最短距離を、二人は掘割に沿って足早に歩いた。

不気味なまでに静まりかえって、犬すらも吠えようとはしない。闇の術にかけられて、なにもかもが深い眠りに沈んでいた。濠の水は音もなく流れ、自分の息使いさえもが夜気に吸い取られたかのように耳には届かない。大気にからめられて、背後に取り残されるのかもしれなかった。

かれらは山に入り、秋葉山の土俵の横を通った。秋祭りには間があるので、土俵は荒れ放題に荒れている。頭上を覆う照葉樹の樹冠の奥で、何者かが息をひそめて窺っているような気がした。

崖の上に辿りついたが、道らしい道もない崖を這うようにして進まなければならなかった。そこに水面があるのはわかっているのだが、闇の底に沈んで見ることはできない。

岩角につかまり、木の根で体を支えながら崖道を慎重に進んで行った。かれらは無言のまま、足場を探りながら寸刻みに前進した。

突然、頭上で梟《ふくろう》が啼いた。岩肌に貼りつき、しばらくは微動もしなかったが、それっきり啼き声はしない。さらに深い静寂が訪れた。全身にびっしょりと汗をかいている。

権助が前進を再開したので、圭二郎も従った。足許には特に気をつけなければならない。小石や松毬《まつかさ》を、うっかりと蹴落とす心配があったからだ。

汗まみれになり、蟹のように横に歩きながらようやくのことで岩場に辿りつくと、二人は顔を見あわせた。

権助は投餌《なげえ》をする位置を適当に決めていたのではない。その岩のまえは魚たちの通路になっていた。砂地になった浅場でくつろぐにも、沼地で餌を漁るにも、岩場へ行くにも、かならずそこを通らなければならないのである。

足場も安定していた。岩が棚状になっているだけでなく、亀裂に根をおろした松の木がすぐ傍らにあった。枝は手で握るには手頃な太さだし、幹に腕をかけて体を支えるにも好都合であった。

雨雲が自身の重みに耐えかねたように、さらにさがってきた。気まぐれな風が右から吹き、左から顔を撫でたかと思うと、正面から湿気を押しつけてくる。そして、予告なしに無風になるのであった。

権助が準備をするのを、圭二郎は黙って見ていた。

銅製の継環《つぎわ》に竿を差しこみ、抜けないかどうかを念入りにたしかめ、さらに一段と長くしてゆく。釣糸に浮子《うき》を通し、竿に結びつけ、釣針や錘《おもり》を取りつけてゆくのが、神聖な儀式のように思えた。

権助は玉浮子を仮留めにすると、静かに竿をあげ、それから慎重に錘を水面におろし、水底に着くまでゆっくりと竿をさげてゆく。

竿をあげて釣糸を手許にたぐり寄せ、玉浮子を固定すると、いよいよ針に団子をかけた。いつものに較べるとちいさいが、それでも大鯉のほかに呑みこめるものはいないだろう。

団子を静かに水面におろすと、権助は水底に着くまでゆっくりとさげ、釣竿の根もとを岩の亀裂に押しこんで固定した。裂け目は奥のほうが低くなっており、穴の部分には松の根が這っているので固定できるのであった。

何度か引いたり上から押さえつけたりして、簡単には持ってゆかれないとわかると、権助は圭二郎に目顔で合図した。左腕で松の幹を抱えこみ、右手で竿を持ち、腰の位置を定めると、圭二郎は岩の突起に足を踏ん張った。圭二郎の用意が終わるのを見届けてから、権助は受網を持って水際までおりて行った。

鋼《はがね》色を帯びた水面に象嵌《ぞうがん》されたような玉浮子があり、時折、ちいさく震えた。雑《ざ》魚《こ》どもが自分の口に負えぬ餌をつついているのだろう。

圭二郎は眼をしばたたいた。雨雲を見、上流の涸《か》れた河原に視線を走らせるが、それもほんの一瞬で、すぐに浮子に眼をもどす。よそ見をしたわずかな隙を狙って大鯉が喰いつくような不安に襲われるからだが、浮子はおなじ場所にあった。

水面は絶えず彩《いろど》りを変えた。蒼味がかった鋼色をしているかと思うと、いつのまにか鉄錆色に変わり、墨を流したような重苦しい色調となる。まったくねがってもない、権助に教えられたとおりの展開だ、と圭二郎は狂喜した。夜が明けてきたが、分厚い雲が空一面に蓋をしているので辺りは薄暗い。水中はさらに暗いだろうから、釣糸は見えないはずだ。魚たちは本能的に大雨が降り出すのを予感しているし、川が赤濁りになる洪水では何日も餌を口にできないのを知っている。雨滴が川面を打つのをきっかけに、狂ったように餌を漁り始めるだろう。あの慎重な巨鯉も、毎日喰い慣れている餌団子に喰いつくはずだ。おそらく、まちがいなく、それもあとわずかな時間で。

はるか上流の、屏風のような連山ではすでに豪雨となっているかもしれない。険しい斜面に降った雨は竪川や大蛇《おろち》川に集まり、鉄砲水となって流れ下る。この藤ヶ淵に濁流が達するのに、半刻もかからないかもしれない。それまでに巨鯉は餌団子を口にするだろうか。いや、まちがいなく口にするはずだ。

来た！

遂にそのときが来た。

突然の、車軸を流すような土砂降りである。

たっぷりと水の詰まった空という名の革袋を、何者かが鋭利な刃物で一裂きにしたかのようだ。同心円の輪が拡がる余裕も与えずに、絶えまなく雨が降り注ぎ、浮子が雨滴に叩かれて踊り狂う。雨水が顔中を流れ、眼に入り、口に入った。雨滴が河原の石を叩き、岩を叩き、水面を叩き、草や木を叩き、竿を叩き、圭二郎と権助の二人を情け容赦なく叩いた。

四囲の色がいっせいに変化した。真夏の強烈な陽光を浴びて白く乾ききっていたなにもかもが、急速に本来の、自分の色を取りもどそうとしていた。

遠くは水煙で霞んでしまっている。孟宗《もうそう》の竹籔が瘧《おこり》にかかったように蠢《うごめ》き、苦しそうに身悶《みもだ》えていた。

水面の浮子が消えた。

「しゃくりなされ!」

権助が叫んだ。圭二郎が竿をしゃくりあげると、腕が抜けそうな反動があった。根もとを岩の亀裂に固定していなければ、巨鯉の強烈な引きによって竿を持ったまま空中に飛び出し、そのまま水面に落下したかもしれない。

一直線に水に刺さった釣糸が、あらかじめ定められた図案に従って図形を切り抜くように、縦横に水面を走った。竿は弓なりに曲がるが、折れそうでいて折れない。竿が折れず、糸が切れなければ勝ちであった。

雨雲が驚くほど低くおりてきていた。その下部が崩れてぼやけ、白い雨脚をひっきりなしに繰り出してくる。生温かい雨水が全身を這った。踏ん張った足がだるくなり、腕が痺《しび》れはじめる。

弓なりだった竿が、ほぼ水平に近くなった。だが油断はならない。大鯉は抵抗を諦めたわけではないからだ。弾みをつけてふたたび深みに潜ろうとするときが、もっとも危険であった。圭二郎は水面を凝視し、潜る気配を感じると、動きにあわせて竿先を水面に届きそうになるほどさげた。

受網を手に水面を見ていた権助が、首を捻《ひね》って圭二郎を見あげ、何度かうなずき、かすかな笑いを浮かべた。

空全体がわずかに明るさを増し、雨に洗われて緑がひときわ色鮮やかに映えた。川面には濁り水が流れこみ、白く、黄色く、あるいは黄緑色に、拡がるにつれて曖昧になる無数の色流し模様を描いている。圭二郎が初めて大鯉を見た沼池は、乾あがった剝き出しの部分の微細な泥が、小石を叩きつけるような雨脚の猛攻に遭って、周囲に粘土を溶いたような灰白色の色濃い濁りをひろげていた。

権助は正しかった。大鯉は餌づき、豪雨のまえについに団子を口にしたのだ。

手許への反応が鈍くなった。鯉は、自由を奪う糸と姿を見せぬ敵から、いかにして逃れるかを考えているのだろう。

動きが鈍くなったからといって、油断してはならない。抵抗が意味をなさないのを悟り、千載一遇《せんざいいちぐう》の機会のために体力を温存していると考えたほうが無難だ。

圭二郎はすこしずつ竿を持ちあげ、ゆっくりと右へ、続いて左へと歯車仕掛けのように精確に、おなじ速度を保ちながら大鯉を引きまわしはじめた。注意しながら大鯉を引きあげてゆく。

ところが水面下に大鯉の鋼のような胴体が感じられそうなくらいになると、引きあげることができなくなってしまった。竿の柄を岩の亀裂から抜かないかぎり、大鯉を引き寄せることは不可能である。受網を持った権助のそばまで引き寄せるには、竿を水面から直角になるまで立てねばならない。

圭二郎は耐えられなくなった。雨に打たれて疲れてもいた。釣りあげる必要はない。権助の手許まで引き寄せれば網で受けてくれるだろう。圭二郎は中腰になり、大鯉に勘づかれないように注意しながら竿を抜くと、柄を腰に押し当てるようにして固定した。支点が不安定では、相手を振りまわすことはできないからだ。

そのようにして、自分だけの力で竿を握ってみると、改めて大鯉の重さに驚かされた。足を踏ん張り、両手で竿を握り、体を反らしながら持ちあげる。

圭二郎は左右に振るのをやめて手許に引き寄せることにした。大鯉が最後のときのために力を蓄えているとしても、それ以上長引けば自分の体力が続かなくなるおそれがあった。満身の力をこめると、腕の筋肉が痙攣《けいれん》しはじめた。権助が受網の柄を握りなおした。

ずんぐりとした赤銅色の魚体が、三間（約五・四メートル）ばかり先の水面に突き出てきた。黒い真円の眼に睨まれた。圭二郎は大鯉が、敵の姿をたしかめようとしたのだと思った。水面近くで受網をかまえる権助と、岩場に足を踏ん張った圭二郎の姿を。

突然、竿が軽くなった。大鯉が水面を滑るように、一気に、一間ばかりも近寄ったのだ。圭二郎はあやうく平衡を失うところであった。

権助があわてて受網を差し出したが、一瞬早く大鯉は水中に没した。

不意を衝《つ》かれた圭二郎が竿を持ちなおしたときには、大鯉はかなりの深みまで潜っていたにちがいない。圭二郎はうろたえ、がむしゃらに竿を振りあげた。その一瞬を、相手は待っていたのだ。振りあげるのに合わせて一気に浮上したのである。

圭二郎は眼のまえに、三尺を超える巨鯉が舞いあがるのを見た。胴体が水面と平行になり、頭と尾を高く持ちあげるように反らしている。圭二郎は竿を背後の崖に叩きつけ、竿は音を立てて折れた。

圭二郎は平衡を崩してよろけ、足を滑らせた。頭を打つことを恐れ、岩場からすこしでも離れなければと思い、力まかせに岩を蹴って川に飛びこんだ。

水面に顔を出したとき、権助の姿はなかった。幾重にもぶつかりあう大波が、圭二郎の体をゆり動かした。大鯉と圭二郎、そして権助が水に落ちたときの衝撃が、近くあるいは遠くの岩にはねかえってもどってくる。

いや、権助は落ちたのではなかった。折れた竿の穂先を追って飛びこんだのである。糸が切れてさえいなければ、鯉は掛かったままのはずだ。

ずいぶんと遠くに頭を出した権助は、竿の先を持ちあげて見せた。釣糸は垂れさがっていた。

九

大嵐がもたらした洪水が、大鯉を連れ去ってしまった。下流へ移ったのか、あるいはもっと上流の淵に逃れたのかはわからないが、園瀬盆地を取り巻く花房川や城下の濠で姿を眼にした者はいない。

園瀬盆地の長い夏は終わった。

圭二郎は大鯉の話を一切しなかった。道場で話題になっても加わらず、話しかけられてもそ知らぬ顔で受け流している。そして権助もまた、毎朝、餌の団子を淵に投げに通ったことなど忘れてしまったようであった。

大鯉を釣りあげ釣り落としたことで、憑物《つきもの》が落ちるように消滅したのだろうと、源太夫は思っていた。すぐに人に突っかかるか、逆に殻に閉じ籠もってしまうという極端さがなくなり、別人のように柔軟になった。もっともそれは外面についてであり、内面は強靭《きょうじん》さが増したようである。

変化はもうひとつあった。藤ヶ淵に出かけるまでは権助に対する不満や不信を見せていたのに、すっかり慕うようになったのである。道場で剣の鍛練に励んでいるとき以外は、ほとんど権助といっしょにいるといってもよかった。軍鶏の世話をし、ときには釣りにも連れていってもらっているようである。

「先生、夏は大口、冬は小口という言葉をご存じですか」

源太夫が知らないと答えると、圭二郎は権助から教えられたであろう知識を披瀝《ひれき》するのである。

「夏場は鰻《うなぎ》や鯰《なまず》、そして鮎のように、体の割に口のおおきな魚が美味で、寒くなると逆に、鮒や鮠《はや》のように口のちいさな魚の味がよいのです。鮒は寒鮒が美味で、鮠などはお彼岸かせいぜい菜の花のころまでだと申します」

「ああ、さようか」

源太夫としては、そう言うしかない。

盤睛池田秀介に圭二郎の変貌を話すと、藩校の教授方は安堵したようであった。手に余って源太夫に押しつけた格好になっていたので、気を揉んでいたのだろう。

「要するに子供から、若者になったというわけだ」

「新八郎はいつそうなった」

「さあ、……やはり元服か」

「月並みだな」

「十五の歳だ。父が死んだので家督を相続し、御蔵番見習いとして出仕した。えらいことになったと思った覚えがある。秀介はいつだ」

源太夫も相手を昔の名で呼んだ。

「あそこに毛が生えたときだな。あのときは愕然《がくぜん》とした。今までどおりではいかぬと、ひどく緊張した覚えがある」

「人より早かったのか遅かったのか」

「忘れた。それより先日、あそこに白毛を見つけてな、ひどくうろたえてしまった」
「日録に書いておけ。でないと、すぐに忘れてしまうぞ」
他愛ない冗談で笑った源太夫だが、あの日、農具置き場の小屋で権助と圭二郎のあいだになにがあったかは、知る由もなかった。

圭二郎と権助は激しい雨に叩かれながら、無言のまま用水ぞいの道を帰って行ったのである。

嵐に備えて水門を閉めてあるので流れはゆるやかだが、それでも濁水があふれていた。濠を満たし、道を越えて低地へと流れている。畑地や小溝からも用水に流れこみ、それが水田へと絶えず移動し、どこもかしこもが水に満たされていた。

大粒の雨滴が二人の体を容赦なく叩いた。青柿が砂利道に叩きつけられ、裂けて白い果肉がむき出しになっている。頭や背中は、小豆粒を投げつけるような攻撃に曝《さら》された。

圭二郎はうつむいたまま、一歩一歩踏みしめるように歩いている。このまま道場にもどるわけにはいかない、と権助は考えた。圭二郎がうちひしがれ、おのれを責め続けていることが明白だったからである。

思い迷っているときに、視野の片隅に小屋があった。

権助が小屋に連れこむなり、圭二郎はしゃがみこんでしまった。体が、そしてそれ以上に心がまいっているのがわかったので、藁束を運んでそれに坐らせた。権助が焚火の用意をしているあいだにも、残されていたわずかな力が蒸発するように全身から抜けていったようである。権助は着ているものを脱《ぬ》がせると、水を絞り、火の周りに拡げた。

火が燃え始めるころには、圭二郎は疲労のために眼を開けていることさえできなかった。

雨はやすみなく降り続き、さらに激しさを増したようである。

圭二郎が気づいたのは一刻もしてからで、着物はすっかり乾いていた。薄眼を開けて、圭二郎は熾火《おきび》に向けた権助の顔を見た。

権助は微笑していた。大鯉を釣り損なったというのに、すこしも口惜しそうではなかった。表情はおだやかで、時折、思い出し笑いでもするように、何度もうなずきながら口許に笑みを浮かべさえするのだ。

「権助、怒っていないのか？」

横になったまま圭二郎が訊いた。

「怒る？　なぜでございましょう」

「せっかく釣りあげたのに」

「あれでよかったのですよ、圭二郎さま。あれで」

権助は目尻に皺を寄せて微笑し、しみじみと言った。激しい雨音のために、その声は聞き取りにくかった。

「あれだけ時間をかけて備えたのに、釣れなければなんにもならん」

「釣れなんだ？　釣ったではありませぬか」権助はこめかみを指で突いた。「わしらは駆け引きをした、知恵比べを。長いあいだかけて用意し、計算どおりに釣りあげた。……どのようになったかとゆうよりも、どのようにしたかとゆうことのほうが、大事なこともあるのです」

圭二郎は背を向けた。

「あれでよかったのですよ、圭二郎さま。あれで」

圭二郎は歯を喰いしばり、眼を閉じた。松の樹脂の芳香が、空中に漂っている。

「権助の言ったとおりだった」圭二郎は咽喉の奥でくくと声を詰まらせた。「土壇場でうっちゃられてしまった」

「あれでよかったのです、圭二郎さま」

圭二郎は頬をひきつらせた。

「まったく、みごとにしてやられました」

「しくじってはじめて、権助の言っていた意味がわかったのだ」

「鎧武者と呼んでおったのでしょう、心のうちで。ずっと」

「知っていたのか」

「でも、いいではありませぬか。たかが釣りですから」

「そうは言うが」

「たかが釣り、されど釣り、でございます」

「真剣勝負なら、まちがいなく斬られた」

「大旦那さまはシャムの鶏合わせをご覧になられて、剣の極意を会得されました。……鎧武者は」

「……？」

「圭二郎さまでしたな」

少年の体がこまかく震えはじめた。

「あれでよかったのです」

さらに優しい権助の声に、かたく閉じた圭二郎の眼から涙があふれた。

雨はますます激しくなり、焚火の爆《は》ぜる音さえ聞こえなくなった。

「あれでよかったのです。あれで」

長い沈黙ののちに、権助はおなじ言葉を繰り返した。声の暖かさに、圭二郎の心は次第に和《なご》んだらしく、眼を開けるとそっと涙を拭いた。

「そう。……あれでよかったのですよ。あれで」

さらに暖かい声に支えられ、圭二郎はゆっくりと体を起こすと権助を見た。権助がうなずいた。じっと見ていた圭二郎がうなずき返した。権助がふたたびうなずいた。かすかな微笑が、圭二郎の表情をやわらかくした。

小窓を開けると、圭二郎は両手の掌を上にして差し出した。たちまちにして雨水が窪みを充たす。圭二郎は何度も突き出しては、顔の汚れと涙を洗い流した。

火の傍にもどると、圭二郎は藁束に腰をおろした。すっかり顔が乾いたときに、源太夫が姿を見せたのである。


朝、競うようにして道場に現われ、黙々と拭き掃除をする門弟が二人になった。源太夫が立川彦蔵を討ちはたしたとき、いっしょに行動した狭間銕之丞は、まもなく入門して熱心に稽古に励んでいた。銕之丞は非番の日にはだれよりも早く道場に来て、拭き掃除をしていたが、それに圭二郎が加わったのである。

どことなくふてぶてしかった態度も改まり、剣の腕も急激にあがって、圭二郎はいつしか一目置かれる存在となっていた。

「変われば変わるものだ」

「ゆっくりと若者になってゆく者もいれば、一日でなる者もいるのですね」

「ものになるやもしれん」

「どちらがですか」

「二人ともだ」

権助は源太夫を見てうなずいた。

道場を浄《きよ》めた二人の若い門弟は、神棚に灯明《とうみよう》をあげると、神妙な顔で柏手《かしわで》を打ち、声をそろえて道場訓を唱和した。

ちと、つらい

一

大納戸《おおなんど》奉行の須走《すばしり》兵馬《ひょうま》は、もし叶《かな》うなら新たにできた岩倉道場に入りたかったのである。なぜなら道場主の源太夫は、わずか一年にも満たぬあいだに、二人の凄腕の男を斬り伏せ、剣名を一気に高めていたからであった。

一人は先の筆頭家老稲川八郎兵衛の放った、刺客《しかく》秋山精十郎であり、もう一人は上役本町宗一郎と妻の夏江が密会している現場に乗りこんで、二人を叩き斬った立川彦蔵である。届け出れば罪に問われなかったのに、姿をくらませたため園瀬藩主九頭目《くずめ》隆頼《たかより》の逆鱗《げきりん》に触れ、源太夫に上意討ちの命がくだったのであった。

藩随一の剣の使い手との評判が高い彦蔵を斬り倒したものの、源太夫自身も十箇所に近い傷を負っていた。その功に対し、藩主隆頼から太刀を一振り賜ったことで、源太夫はさらに名をあげていたのである。

だから兵馬は岩倉道場に入門したかったのだが、かれには是が非でもそうしなければならない理由があった。上役の娘の婿養子となった兵馬は、たまには息抜きをしたいと思うことがある。そしてかれの周辺には、おなじ気持を抱いている男たちがけっこういた。

武家であるため人前では立ててもらっているが、二人だけになると完全に妻の尻に敷かれている者、しっかり者の女房に頭があがらぬ者、姉さん女房に牛耳《ぎゅうじ》られている者などである。そういう連中が、酒を飲みながら女房の悪口を言うなどして憂《う》さを晴らすために、集まって酒を飲もうということになったのだ。

しかし、非番の日に仲間が集まって酒宴をもよおすという理由では、妻からのさらなる叱言《こごと》を喰うのが関の山であった。そこで道場通いである。体が鈍らぬように、いや武士たる者、一朝事あればただちに剣を取れるように、常日頃から鍛えておかねばならぬ、とこれほど好都合な口実がほかにあるだろうか。

兵馬らの「妻煙たし、女房おそろし組」は、十代のころ日向道場で学んだ仲間であった。であれば再入門すればよさそうなものだが、それは避けたい。道場主は兵馬らが学んだ日向主水から、養子の小高根大三郎に代替わりしていたが、主水は相変わらず下駄のような四角い顔で、見所《けんじょ》に坐って目を光らせていたからだ。腕のほどを知られている兵馬は、どことなく照れくさくもあった。

日向道場ではなく源太夫の岩倉道場にしたいのには、もっとおおきな理由があった。

かれらの目的は体を鍛えることではなく、汗を流したあとで富田町の小料理屋「たちばな」に繰りこむことにある。堀江丁の岩倉道場は城下の中心に位置しているので、飲み屋街の富田町に近くて都合がよかった。ところが日向道場は城下のはずれにあるため、通うのに往復で四半刻(約三十分)もかかってしまうのである。

そのような事情があって、兵馬は仲間を代表して岩倉道場に入門を申しこんだ。

「それはなかなかいい心がけでござるな」

かつての道場仲間六人とともに弟子入りをねがいたいと申しこむと、木の香もさわやかな道場の見所に坐り、弟子たちの動きに鋭い目を向けていた源太夫は、しばらく考えてから兵馬に視線を移した。

「ところで須走どのは、以前、日向道場で学ばれたのではなかったかな」

「はあ、もうかれこれ二十年に」

「でしたな。それからほかの方も、たしか日向道場の門弟であったはずだが」

真意が汲《く》めずに兵馬がうなずくと、源太夫はおだやかに笑ってから続けた。

「であれば、日向道場の許可をもらってから、改めて申しこんでいただけぬか」

兵馬が怪訝《けげん》な顔をすると、日向道場はいわば源太夫の師匠筋となるので、そこで学んだ者には全員、そうしてもらっているのだという。あるじが養子の大三郎に代替わりしても、師匠の主水には筋をとおしておきたいというのがその理由だ。

これはもっともな理屈ではあるが、実際は源太夫流の態《てい》のいいことわりだと、頭の回転が速い兵馬にはぴんときた。つまり昔の教え子が、中年になって体が鈍ってきたので鍛えなおしたい、ついては登下城に障りのないように、岩倉道場に入門したいのだがとことわれば、日向主水は励ましの言葉のひとつも贈ってくれるはずである。

しかし、腕は凡庸《ぼんよう》でたいしたことはないと自覚している兵馬には、どうにもたのみに行きづらい。ことわりを入れれば主水が許可してくれるのはわかっているが、どの面《つら》さげて行けるというのだ。そこまで読んでの言葉だとわかり、筋をとおした源太夫に兵馬は惚れこんでしまった。

「できた人物だなあ、岩倉源太夫という御仁は。器のおおきさがわれらとはまるでちがう。一芸に秀《ひい》でるとは、ああいう人物のことを言うのだ」

と、これは「たちばな」の酒席で、仲間をまえにした兵馬の言葉である。

「軍鶏侍《しゃもざむらい》などと蔭で呼ばれているが、たいした人物だ。岩倉どのの軍鶏には、われらは手も足も出んかもしれんぞ」

「軍鶏はともかく、岩倉どのにはな」

「比べ物にもならんよ。爪楊枝《つまようじ》を持ったあの御仁に、真剣で立ち向かったって勝てるわけがない」

「では決めたのだな」

「ああ、当然だ。全員の申しこみをすませてきた」と、兵馬は仲間を見まわした。

「日向道場にな」

声にならなかったのは、だれもがあっけにとられたからである。

そのうちに一人が、兵馬を指さして抗議しようとしたが言葉にならず、苦笑すると、それが次々と感染して、やがて爆笑となった。

「それにしても、日向道場は遠すぎやしないか」

「腹ごなしにちょうどいい、酒がうまくなるぞ」

兵馬は強引に押し切ってしまった。

そのような事情があって兵馬は月に数度、非番の日に昔の仲間を誘って日向道場に出かけるようになった。一刻（約二時間）ばかり汗を流したあとで小料理屋に移り、道場時代のように「おまえ」「おれ」で気楽に談笑できるその日は、堅苦しい城勤めが苦手な兵馬にとって恰好《かっこう》の息抜きとなった。

ところで、受け入れた日向道場の大三郎にしても、兵馬たちが真剣でないのは先刻承知である。そのためほとんど放任状態で、厳しい指導はしない。ときに稽古を見ても、おだやかな目でちいさくうなずくくらいである。見こみのある若い弟子に対するときとは、目の色がまるでちがっていた。

瓢簞《ひょうたん》から駒が出るということわざがあるが、発端は酒席の座興であった。

腕はなまくらでも動けば汗をかく。さらに遠い道を歩いて、富田町の小料理屋「たちばな」に繰りこむのだ。酒のまずかろうはずがない。話も弾む。一時とはいえ妻女のことも忘れられる。まさに「妻煙たし、女房おそろし組」にとっては極楽であった。

兵馬は面倒見のよい男で、三十七歳という年齢でありながら、六組の婚儀で仲人を務めていた。また、仲人は他人にまかせたものの、縁を結んだ実績を多く持っている。親同士の口約束や上役の一言で縁組が決まることが多かった時代に、これは異例の数字といっていいだろう。

ある日の酒席でだれかが言った。

「いかに兵馬といえども、どのような男と女でもくっつけるというわけにはゆくまい。できぬこともあろうな」

「これは無礼だ、聞き捨てならぬ」

言葉の調子はきついが、兵馬の目は笑っていた。

「できるのか」

「その気になればな」

「それは逃げだ。都合が悪いと、その気にならなんだと言うのだろう」

からんだのは、町方物書役《ものかきやく》の下山田周作《しもやまだしゅうさく》である。しっかり者の妻女に頭があがらないこの男は、普段は借りてきた猫のようにおとなしいのだが、酒量がある線を越えるとねちねちとからむ癖《へき》があった。

「これはおだやかならぬ。痩せても枯れても武士だ。背を見せて逃げるような、卑《ひ》怯《きょう》なまねはいたさぬわ」

周作がからむのはいつものことなので、仲間は酒を含みながら笑っていた。

「なるほど見あげた心意気だが、あまり強がりは言わぬがよいのではないか」

周作の挑発が露骨に見えているのに、弾みというものは恐ろしい。

「ま、おれにできぬことはあるまいて」

言ってしまった。

周作はおおげさに驚いた振りをして、

「聞いたか、おのおの方。実績が言わせる言葉だけに重みがあるではないか。こうなると、成就した暁《あかつき》には『花かげ』あたりで一席設けねばなるまい」

「そうとも、きれいどころを十人ばかり侍《はべ》らせてな」

だれかが相鎚を打ったところをみると、あるいは兵馬を困らせようという相談がまとまっていたのかもしれなかった。

「花かげ」は上士が利用する料理屋で、彼らにはまず縁遠い店である。そこで芸者を呼んで騒ごうというのだから、万が一にも見こみがないということなのだろう。

「おいおい」と言った兵馬の表情はやや緊張していた。「それほどの難問なのか？で、おれが負ければ」

「そうだな、われら全員に酒を一升ずつ進呈するというのはどうだ」

高級な料理屋で芸者を呼んで騒ぐのと、酒一升ずつではあまりにも落差がありすぎる。

兵馬は腕を組んでしばらく考えこんでいたが、

「それほどの難問なのか」

「おなじ言葉を繰り返すことはなかろう」

それが耳に入らなかったのか、兵馬は繰り返した。

「それほどの難問なのか」

「撤回すれば、忘れてやってもいいぞ」

周作は意地の悪い言い方をした。

「比丘《びく》と比丘尼《びくに》をくっつけろ、などと言うのではあるまいな」

「坊主と尼さんをか？　いくらなんでも、そのような無茶は言わぬ」

「なら、できぬことはない。で、どのような組合せだ？」

「藩きっての小男と大女」

「侘助《わびすけ》と多恵《たえ》どのをか！」

考えたこともなかった組合せに、兵馬は絶句した。それから、ふふふと含み笑いをし、やがて肩を震わせながら声に出して笑うと、部屋中の者が爆笑した。ひとしきり笑ってから、兵馬は鬚《ひげ》の伸びはじめた顎を撫《な》でた。

「しかし、できぬであろうと言われて、さようと答えるのは業腹《ごうはら》であるな」

「意地をとおすことはない。むりなものはむりなのだ。われらも卑怯とは思わぬ」

「まあ、待て。あの二人を結びつけようと考えたことなど、これまで一度もなかったのだ。なかなかどうして、やりがいのある仕事ではないか」

再び爆笑が起きたが、いっしょに笑いながらも、兵馬の瞳は強い光を発していた。弓組の戸崎《とざき》喬之進《きょうのしん》は、四尺六寸（一・四メートル弱）とかなり小柄であった。背丈がない上に痩せていて顔も細く、見栄《みば》えがしないことははなはだしい。貧相という言葉でだれもが思い浮かべるのが、佗助、いや喬之進の顔なのであった。

佗助は幼名だが、面と向かってはともかく、喬之進と呼ぶ者はまずいない。貧弱な体や風采のあがらぬ顔貌が、どうしても名前と結びつかないのである。名は体を表すと言うが、喬之進では名前負けしてしまう。佗助ほどふさわしい名は、考えられなかった。

一方の多恵は、五尺六寸（約一・七メートル）という大柄な女である。鉄砲組大岡《おおおか》弥一郎《やいちろう》の長女だが、二人の兄に負けぬ体格の持ち主であった。

ほっそりとしておればそれほど目立たなかったかもしれないが、まず立派としか言いようのない幅と厚みがあったし、胸もおおきければ、腰もどっしりとしている。

ところが、大柄で太った人物が与える圧迫感のようなものは、さほど感じさせなかった。胸はおおきくても首は太くなく、顔はどちらかといえば小振りで、体がおおきいだけに実際よりもちいさく見えた。腰や腿にはあまるほど肉がついていたが、足首は締まってすっきりしている。

器量よしかどうかと訊かれると、だれもが首を傾げた。娘になってからは、体がおおきいのを恥じてかあまり人前に姿を見せないので、正面からまじまじと見たという者はほとんどいない。

年頃の娘のように習いごとには出ずに、手習い、縫い物などの女ひととおりのことは母親に教わっていた。冠婚葬祭には参列するが、顔を伏せているので、余計、体のおおきさだけが記憶に焼きつくことになるのかもしれなかった。

そのためもあって、おおきな女という印象ばかりが独り歩きしていた。醜女《しこめ》かどうかはともかく、あまり美形ではないだろうというのが、大方の意見である。

佗助、いや喬之進は三十二歳で多恵は二十七歳だから、婚期はとっくに過ぎていた。有り体に言えば、喬之進には嫁の来手がなく、多恵は売れ残ったのである。

二

梅が咲き、鶯《うぐいす》が来て佳《よ》い声で啼《な》くので、茶でも喫《の》みに来ぬかと須走兵馬に誘われ、戸崎喬之進は困惑した。ことわれないこともなかったが、しぶしぶ羽織袴《はかま》に着替えて出かけたのであった。

喬之進が離れに通されると、そこに兵馬の妻女の加音《かね》と多恵がいた。障子は開け放たれ、陽光を反射して眩しく光る泉水や築山、枝振りのみごとな梅などが一幅の絵のような構図を見せていた。

四人はしばらく世間話をしたが、用があるので寸時失礼《ちょっと》と言って、兵馬と加音は部屋を出た。

もちろん用などはない。自室にもどった兵馬が書見台の前に坐ると、加音が真横、直角の位置に座を占めた。

「なぜ、戸崎どのを呼ぶとおっしゃらなかったのです」

兵馬の上役の娘である加音は、不機嫌さを隠そうともしなかった。

「言わなんだか」

「おっしゃいませなんだ」

「まあ、いいではないか。常識どおりには運びそうにないから、ようすを見ることにしただけのことだ。黙って見ておれ」

四半刻ほどして、下男が報《しら》せに来た。兵馬は下男と下女に、それとなく離れの二人を見張らせ、報告を受けることにしていたのである。

庭いじりをしながらようすを窺っていた下男は、縁先の庭に蹲踞《そんきょ》すると、ぼそぼそと、

「黙ったままで、顔も見ずに、退屈そうにしとります」

「客人に対して、しとりますと言うやつがあるか」

兵馬が叱ると、下男は頭をさげて音もなく姿を消した。

「ごらんなさい、退屈しているのですよ、二人とも。た、い、く、つ」

「いいから、黙っておれ」

さらに四半刻して、下女がやって来た。

盆に載せた茶碗を差し出しながら、奉公を始めてまもない十五歳の下女は、「ぷッ」と小さく吹き出した。兵馬は叱る代わりに、ギョロリと目を剥《む》いて睨みつけた。

「お嬢さまのほうが、頭ひとつおおきいんですから」

思い出したらしくて、またしても下女は吹いた。

「見かけだけで人を判断するのは、よくない癖ですよ」

加音が叱ると下女は首をすくめ、それから話しはじめた。

正座した多恵は、背筋を伸ばしているので顔が高い位置にあった。腿の肉付きがよく、お尻も丸々としている。それでなくても上背があるのだ。

一方の喬之進は腿も脛《すね》も細く、尻には申し訳程度にしか肉がついていない。しかもいくらか猫背である。そのため頭一つ以上の開きがあって、うな垂れているところは、

「まるで、母親に叱られている子供のように見えました」そう言ってから、下女はあわてて弁解した。「見たままを言うようにと申されましたので」

「わかりました。さがってよろしい」

加音がそう言うと、下女はぺこりと頭をさげて兵馬の居室を出た。下女の足音が聞こえなくなってから、兵馬は思わず苦笑した。

「やはりむりであったか」

「よくそのように笑えますね」

「なんとかなるかもしれんと思うておったのだが、話らしい話をしていないのでは見こみはなさそうだな」

「最初におっしゃっていただいたなら、わたくしなりになんとかいたしましたのに」

「もうよい」

やはり多恵の父親か現当主の雄一郎《ゆういちろう》に打診しておくべきであったと、兵馬は短慮を悔やんだがあとの祭りである。

ところが離れに近づくと、低くて静かな笑い声が聞こえてきた。兵馬と加音は思わず顔を見あわせた。

「いや、すまぬことをいたした。片づけねばならぬ用が急に出来《しゅったい》いたしたのでな」

「けっこうな梅を見せていただきました」

喬之進がそう言うと多恵もうなずき、

「ほんとうに、いい目の保養をさせていただきまして、ありがとうございました」

「鶯は啼いたか」

客の二人は顔を見あわせ、一呼吸おいて喬之進が短く言った。

「いえ」

「そうか。気紛れなやつでな。朝に来たり、午《ひる》に来たり。……どうだ、気にいったか」

はい、と喬之進が答え、多恵もうなずいた。それだけでは、梅が気に入ったのか相手が気にいったのかはわからない。

多恵があいさつをして加音といっしょに去ると、喬之進はなんとなく居心地が悪そうに、築山の燈籠《とうろう》を見ている。

「なにか話したのか」

「いえ、とくに」

「半刻（約一時間）あまりも二人だけでいながら、話さなかったというのか」

「ええ、これといって」

「笑い声が聞こえたが」

「そうでしたか」

「なかなかたのしそうであったぞ。なにを笑っていたのだ」

「はて、なんで笑ったものか。ただ、なんとなく愉快だったのは覚えておりますが」

「で、どうなのだ」

「なにがでしょう」

「気に入ったのか」

「ですから、なにが」

「ええい、もどかしい。多恵どのに決まっておるではないか」

喬之進は目を見開き、ややあってから顔を赤らめた。

「すると?」

「鈍いやつだ」

「……まいりましたな」喬之進は困惑顔で首筋を掻いた。「そういう含みがおありでしたか」

「あたりまえであろう。で、どうなのだ」

「そのように迫られましても」

「気に入らぬか」

「いえ」

「では、気に入ったのか」

「はあ」

「どこが気に入ったのだ」

「そのおっしゃられようは、懐剣を喉もとに突きつけるようですな」

「正直なところを申せ」

「申したところで、どうにもなりませぬ」

「いや、そうでもない」

佗助、いや喬之進は目を閉じてしばし考えていたが、やがて目を開けてうかがうように兵馬の顔を見た。

「笑わないでいただきたいのですが」

「だれが笑うものか」

「わたしが女性《によしよう》のそばにいて、これほど落ち着けたことは、これまでにありませんでした。ほとんど黙っていたので、話らしい話はしませんでしたが、少しも気まずくはなかったのです。いいえ、母のそばにでもいるように、安心していられましてね」

まるで母親に叱られている子供のようだと言った下女の言葉を思い出し、兵馬は笑いをこらえるのに苦労した。そんなことには気づきもしないで、喬之進は眠そうな目を庭の梅樹に向け、

「……ただ」

「ただ？」

「それはわたしが一方的に感じたことでして、多恵どのは退屈されていたのではないですか。なにしろ、父親に小太刀を習われたほどの人ですから、わたしのような貧相な男は眼中にないと思いますよ」

「それもそうだな」

兵馬がついうっかり相鎚《あいづち》を打つと、喬之進はがっくりと頭《こうべ》を垂れた。

喬之進が日向道場で、現岩倉道場主の岩倉源太夫以来の逸材と呼ばれたことがあったのを思い出したのは、かれが帰ってずいぶんと時間が経ってからである。

喬之進はある試合に勝ったものの、師の教えていない技を使ったために破門された。それからというもの、喬之進は剣を捨てていた。そしてかれの剣名は急激に人の記憶から遠退《の》いて、十数年経った今では、兵馬ですら忘れていたのだから、記憶している者はほとんどいないはずである。

三

戸崎喬之進と多恵の縁組に藩庁の許可がおりた事実は、藩中の話題となった。いかにお家大事で、婚儀や子供の、とりわけ跡継ぎの誕生に対する関心が強い武家の社会とはいえ、許可がおりただけで藩中の評判になるなどということはない。静かに、熱い視線が注がれる程度のものである。

上士とか美男美女というなら別だが、両家とも少禄であった。直参と陪臣の縁組や、御目見得以上と以下のように身分がちがう場合はともかく、普通は書面に不備さえなければ自動的に許可はおりた。

話題になるにはそれだけの理由があった。まずだれの目にも、これほど不釣り合いで縁遠い関係はないと映ったのである。いや、関係が生まれるはずがないと考える者がほとんどだったろう。

世話好きな須走兵馬が仕掛けたと知って納得した者もいないではなかったが、多くの者はそれでも首を傾げたままであった。

多恵の父も驚いた。目の中に入れても痛くないほど一人娘を溺愛していた大岡弥一郎は、大柄であるという、男なら自慢できることが欠点となって娘が悩んでいるのを知って、常日頃から心を痛めていた。

そのため、縁談があって、かれにすれば申し分ないと思った相手でも、多恵が首を振るとむり強《じ》いはしなかった。馬廻《うままわり》組で多恵より三歳上の、釣り合いの取れた立派な体格をした若侍との縁談もあったのだが、本人が乗り気でないので諦《あきら》めたこともある。

須走兵馬が喬之進との話を持ちこんだときには、馬鹿にするのもほどほどにしろと、門前払いを喰わせたいほど憤慨《ふんがい》したが、相手が大納戸奉行なので辛うじて爆発を抑え、

「ありがたい申し出ではござるが、一応、娘の気持も聞いてみませぬことには」

弥一郎は、多恵が貧相の同義語のような喬之進との縁談など、洟《はな》もひっかけないだろうと確信していた。

先日、兵馬の屋敷に、梅花を見に来ないかと誘われたらしいことは聞いていたが、そこに喬之進がいたことと、多恵がどのように感じたかということは知らなかったのである。

娘が頬を染めてお受けいたしますと答えたとき、弥一郎は愕然《がくぜん》となった。呆然とし

た。

信じられずに二度もたしかめたが、娘の気持は変わらなかった。そればかりか、この上もなく幸せそうなのである。諦めとか自暴自棄《じぼうじき》というのでもない。瞳を輝かせているのであった。

弥一郎は信じられずに、

「多恵、気はたしかなのだな。おまえは弓組の戸崎佗助」

「喬之進さまです」

「石高が当家の半分しかない少禄者の、その妻になろうとしているのだぞ」

「はい」

石高が半分といっても、共に上士ではないのである。千石の半分なら五百石だが、何十石という程度の禄高では「目糞鼻糞を笑う」ではないか。そう思ったが、多恵はもちろん口には出さなかった。

「よいか、よく考えるのだ。一生連れ添う相手としてはだな、あまりにも……」

「お父さま、このようなことを申してはなんですが、世間の評判を気になさりすぎではないでしょうか。人を外見だけで判断してはならぬと、多恵はそのように教えられ、育てられました。先日、須走さまのお屋敷に招かれた折、あの方もお見えでした。戸崎さまは物静かで優しいお方です。あの方のおそばで、多恵はまるでこの家にいるように、安らかな気持でいられたのです」

多恵は父には言わなかったが、喬之進が発する独特の雰囲気、たとえば気とでも言えばいいような、小柄で貧相な体の全体を取り巻いている、目には見えぬ膜のようななにかを感じていた。

兵馬や加音は気づかなかったようだが、明瞭にわかったのである。この人は少々のことには動じないだけの胆《たん》が据《す》わっている、いつでも死ねる覚悟ができている、見かけとはおおちがいの人だと内心驚いたのだ。

二人の息子が武芸にさほど関心を示さず才能もないのを知った弥一郎は、多恵に小太刀の手ほどきをしたが、多恵もそれに応え、腕も予想以上に冴《さ》えていた。この娘が男であったらと、弥一郎は心のうちで何度思ったかしれない。

多恵が小太刀を使い、今でも鍛練を続けていることは家族の者以外は知らなかった。組屋敷にある大岡家は、門といっても二本の柱が建てられただけであり、周囲は塀ではなく生垣である。庭もさほど広くはなかったが、小太刀の稽古をするには充分であった。

生垣は槇《まき》と金檜葉《きんひば》の二段構えになり、葉が密に茂っているので、外部からは完全に遮《さえぎ》られていた。庭とは別に家族が食するくらいの野菜が栽培できる小さな菜園があったが、その北側は寺の塀である。そのため庭での稽古は、気合声さえ発しなければ、だれにも気づかれるおそれはなかった。

多恵は普通の男にならば負けない自信があったが、それというのも、父に対しても三本に一本は取るほど腕をあげていたからである。それだけに、喬之進が見かけとはおちがいであることを見抜けたのかもしれない。

申し出を受けた理由はもうひとつあった。喬之進が小柄だったからだ。それまでにも、持ちこまれた縁談に魅力を感じなかったといえば嘘になるが、相手は自分と同じくらい、あるいはそれ以上の体格の持ち主ばかりであった。

カルタ遊びでどうしても多恵に勝てぬ相手に、小声ではあったが「奈良の大仏さん」と言われたことがある。相手はくやしまぎれについ口にしたのだろうが、それほど屈辱を感じたことはなかった。

作法や常識を知らなかったのであれば恥じるしかないし、学んで改めることもできるが、体のことばかりはどうしようもない。

男の子が生まれて、体格がよければ問題はないが、もしも女の子だったらどうだろう。夫が大柄であれば、多恵よりも大女になる可能性がないとはいえない。女の子は父親に似、男の子は母親に似るというではないか。娘が自分とおなじ苦しみを味わうことになるかもしれない、そう思うだけで、たじろいでしまうのである。

須走兵馬の屋敷に招かれ、そこに喬之進が姿を見せたとき、見合いの席であることはすぐにわかった。喬之進の見かけによらぬ男らしさを、多恵は瞬時に感じていた。万が一、話があれば受けようと心を決めていたが、正直なところ申しこみがあるとは考えてもいなかった。だから、話があったときには胸が高鳴り、思わず頰を染めたのである。

須走兵馬が喬之進との婚儀を正式に申し入れ、娘が了承したとなれば父親の弥一郎にことわる理由はなかった。とは言うものの心の奥では、だれがなんと言ってもあんな男に可愛い娘を嫁にやりたくないと、叫び続けていたのであるが。

このような経緯《いきさつ》があって縁組はまとまり、藩庁の許可もおりた。藩中の話題になったのは先に書いたとおりだが、だれよりも驚いたのは喬之進と兵馬の二人であった。

加音も驚いたにちがいないが、こちらは女である。「そのくらいのことはあっても、ふしぎはないでしょう」と、平然としていた。

賭けには勝ったが、兵馬は「花かげ」で芸者をあげて豪遊などしなかった。その代わり向こう半年間、「たちばな」の集まりで割りを払わなくてもよいことで手を打った。芸者を侍らせて遊んだことがわかれば、家つき娘の加音は目を釣りあげて怒るだろうし、一度で散財するよりも呑助《のみすけ》の兵馬にはそのほうが好都合だった。仲間が応じたのは、かれらにしてもずっと安あがりだったからである。

下級武士の場合、結納金《ゆいのう》とか持参金などは形ばかりであり、許可がおりた時点ですでに夫婦ということになるので、婚儀もきわめて簡単であった。暮れ六ツ（六時）に嫁入りし、固めの盃事がなされるとほどなく縁者は引きあげ、五ツ（八時）に仲人の兵馬が多恵の実家にあいさつに行く、という程度ですべてが終了した。

そして四ツ（十時）には初床となるのだが、それがどのようであったかは、何分にも闇の中のできごとであり、しかとはわからない。

だが、結果からして順調であったとの察しはつく。なぜなら、十月十日《とつきとおか》して可憐な女の子が生まれたからだ。そして翌年には待望の嫡男《ちゃくなん》も生まれた。

もっともそれはまだまだ先の話である。

四

喬之進のもとに嫁いでも多恵は相変わらず引き籠もりがちであったが、それでも以前よりは外出をするようになった。しかも、娘時分のようにうつむき加減ではなく、背筋を伸ばして歩くようになったのである。すると瓜実顔《うりざね》で見目うるわしい容貌であることがわかり、多くの人は驚かされた。満ち足りた気持のせいで、内面から輝きがあふれていたからかもしれない。

夫婦仲は、だれもがうらやむばかりによかった。好天の日に、表座敷で膝枕をしながら、多恵に耳の掃除をしてもらっている喬之進を目撃した者もいた。元来が無口なかれは、そのことで同僚に冷やかされても、おだやかに笑うばかりであった。

面白くないのは、多恵に婚儀を申し入れてことわられた連中である。それも自分を振り、風采のあがらぬ佗助、いや喬之進を選んだとなると、どうにも腹の虫が納まらない。

中でも馬廻組の酒井洋之介《さかいようのすけ》は、負けず嫌いな男であった。多恵との話はまとまらなかったが、馬廻組の組頭の次女を妻女にしてまもなく小頭となり、三十歳にしてすでに三人の子持ちである。

ところが妻はぎすぎすとした女性で、その上、大変な悋気《りんき》の持ち主であった。そのせいかどうかはわからないが、洋之介は酒癖が悪い。しかも剣の使い手だと自認していたから、喬之進を頭から馬鹿にして、ことあるごとに侮辱的な言葉を投げ掛けるのである。

「蚤《のみ》の婿《むこ》どの、お元気でなによりだな」

ほとんどがその程度の皮肉なので喬之進は無視していたが、それがさらに洋之介を腹立たしくさせるらしかった。

ある日、多恵の兄が憂鬱な顔で喬之進の家にやって来た。

「酒井の暴言を捨て置く気なのか」

雄一郎は、自分より一歳年長になる妹の夫にそう言った。

「はあ」

興味のなさそうな返辞に、雄一郎はあきれ果てたという顔になった。

「ますます増長するぞ」

「なに、そのうちに飽きるでしょう。こちらを怒らせようとしているのが判然としておりますから、それに乗じるのはいかにも大人げない」

茶を運んで来た多恵が喬之進の言葉にうなずくのを見て、雄一郎は溜息をついた。

「多恵は平気なのか」

「児戯《じぎ》にもひとしいことですから」

多恵の言葉を受けて喬之進が言った。

「それに相手が歪めているならともかく、事実を言っているのですからね」

「腹が立たぬと申すのか」

「見てのとおり蚤の夫婦ですからな」

「子供というものは飽きっぽいものですよ、兄上。そのうちに飽きるでしょう」

多恵にまでそう言われ、雄一郎は不機嫌な顔で帰って行った。

しかし洋之介の侮辱は、予想に反して執拗《しつよう》であった。攻撃も次第に露骨になるので、喬之進の同僚や縁を取り持った兵馬なども、いつまでも放置するのはまずいのではないかと言い始めた。果たし合いを申しこまなければ武士の面子《めんつ》にかかわると、真剣に心配しているのである。

洋之介が喬之進を侮辱し続けている事実は、藩中の知るところとなり、やがて喬之進に対する評価は二手に分かれた。一方はなかなかの人物だという評価で、他方は洋之介の剣に恐れをなして手も足も出せないのだろうという結論である。当然ながら、後者の意見が圧倒的多数を占めていた。

事件が起きたのは、多恵がまだ第一子を身籠もったことに気づかぬ、婚儀から二ヶ月後のことであった。

「おお、いいところに通りかかられた。佗助どの、こちらへ参られよ」

大声で喬之進を呼んだのは洋之介で、馬廻組の同輩がかれの背後で笑っていた。

園瀬の城下は扇形の斜面に雛壇《ひなだん》状に広がっており、城を護《まも》るように老職など重役の屋敷が並び、それに上士の屋敷が続いて、外縁に下士の組屋敷や町家が位置している。さらに周囲には、田植えを終えたばかりの広大な水田があった。

喬之進が近づいて行くと、洋之介と同輩が水田の一部を指差しながら、にやにやと笑いを浮かべた。見れば、等間隔に植えられた稲苗のあいだの水面に、のんびりと土蛙が浮いていた。イボ蛙とも呼ばれるこの蛙は、産卵時期が遅い種類で、田植えが終わった水田に一斉に卵を産む。

ところがそれは一匹ではなかった。一匹の背中に、二まわりも三まわりもちいさなもう一匹がしがみついていた。

「佗助どのならごぞんじであろう。教えていただけぬかな、どちらが雄か雌かを」

洋之介はうまい具合に、喬之進を愚弄《ぐろう》する材料を発見したのであった。蛙はおおきなほうが雌で、背中に乗ったのが雄である。

さすがにうんざりして喬之進が去ろうとすると、聞こえよがしに洋之介が言った。

「しかし、生きものはそれぞれにやり方を考えるものだのう。あれならば、雄雌ともに楽でいい。どうだ、佗助どのも真似られては」

どっと笑いが弾けた。それでも無視して行こうとすると、洋之介が追い打ちをかけた。

「まちがえても、茶臼《ちゃうす》などはなさらぬことだ、ご新造が望まれようとな」

喬之進の足がぴたりと止まった。ゆっくりと振り返った顔が、わずかに強ばっている。

「冗談もほどほどになさるがよかろう。いい歳をした大人が、恥ずかしくはござらぬか」

「これは驚いた。子供に説教されようとは、思いもせなんだわ」

爆笑が起こった。

洋之介は喬之進が堪忍袋の緒を切らぬかぎり、挑発をやめぬつもりらしい。喬之進が蔑《さげす》むような目で見続けていると、洋之介らの笑いは潮が退くように消えた。洋之介が挑発的に言った。

「で、いかようにいたせば、お気に召すと申されるのだな」

「まず、前言を取り消し、それから無礼について詫《わ》びられるのが筋でござろう」

「ことわればどうされる」

「果たし合いを申し入れる」

「お受けいたそう」間髪《かんはつ》を容《い》れず洋之介は言った。「で、この場でか、それとも後日か。まさか五年後などとは申さぬであろうな」

喬之進は洋之介の目を静かに、しかし凝視したままで言った。

「追って連絡いたす」

言い捨てて背を向けた喬之進に、洋之介が声を投げつけた。

「加勢をたのんでもかまわぬぞ」

「無用」きっぱりと言ってから喬之進は立ち止まり、振り返った。「どなたかに立ち会いをねがうとしよう」

「立ち会いよりも、死骸の引取人が要《い》るのではないのか」

「そこもとが卑怯なまねをせぬよう、見張ってもらわねばならんのでな。介添人をたのんでおかれよ」

「木剣試合にか」

「場合によっては落命もしよう」

「真剣は恐かろう」

「木剣でも十分に決着はつく」

「この場で日時を決めぬか」

喬之進はじっと洋之介を見て言った。

「三日後の七ツ半（午前五時）、並木の馬場」

「必ず来いよ」


多恵は鈍感なたちではなく、むしろ細かなことにも気がつくほうであったが、帰宅した夫に毛ほどの異状も認めることができなかった。

五ツ（午後八時）になって前後して訪れた大岡弥一郎と須走兵馬の口から、多恵は初めて事情を知ったのであった。父と仲人が駆けつけたということは、洋之介本人が言ったか、あるいは居合わせた同輩の口から漏れでもして、多くの人が知っているということを意味した。

「案じ召さるな。勝算がなければ、申し入れはいたしませぬ」

「とは言っても、十年以上も道場には顔を出してはおらぬであろう」

「道場には顔を出さなくても、それだけのことはしております。いやしくも武士であるからには、いざ鎌倉という秋《とき》に応じられぬようでは失格でござろう」

「相手は多恵どのにことわられた遺恨《いこん》を、一気に晴らそうという腹積もりだ」

そう言った兵馬の顔は苦悩で歪んでいた。弥一郎の表情も、沈痛この上もなかった。

「あやつは必ず、真剣勝負に誘いこむであろう。受けてはならぬぞ」

「そうもまいりますまい」

「木剣での果たし合いならともかく、刀を抜いてしまえば私闘だ」

「喧嘩両成敗は天下の大法。首尾よく勝てたとしても、裁きは受けなくてはならぬ。相手を殺害いたせば、切腹はまぬかれまい」

義父の言葉に喬之進はうなずいた。

「果たし合いをいたすからには、もとよりそれは承知。卑怯者、腰抜け侍とうしろ指を差されるよりは、ご先祖に申し開きが立ちましょう」

喬之進が洋之介に果たし合いを申し入れたのが熟慮の末だったことがわかり、説得できぬと知ると、義父と仲人は半刻ばかりで帰っていった。

「案ずるでない」

喬之進は正面から多恵の目に見入った。

「もちろん、案じてなどおりませぬ」

夫が横臥《おうが》したのち、多恵は正座した膝の上に両手を揃えて、長い時間、身動きもせずに考えに耽《ふけ》っていた。

五

喬之進の家を出た弥一郎と兵馬は、提灯《ちょうちん》で足もとを照らしながら黙々と、そして力なく歩き続けた。突然、弥一郎が立ち止まって「さて」とつぶやいたので、兵馬は歩みをとめると提灯をやや高くして弥一郎の顔を照らした。老人は憔悴《しょうすい》しきった顔をしている。

「さて」とふたたびつぶやくと、ややあって弥一郎は続けた。「介添人は、それがしと雄一郎がなるとして、立会人をだれにたのんだものか」

「岩倉どの以外におらぬでしょう」

「貴公は源太夫どのとお知り合いか」

「いささか。あのお方ほどの適任者は思いつきません。なによりも人物が冷静沈着で公正、そのうえ腕が立ち、お目付けや中老とも親しいですからな」

ほどなく五ツ半（午後九時）になろうという時刻である。道場は朝が早い。あるいはと心配したが、源太夫はまだ就寝してはおらず、二人は表座敷の客間に通された。

弥一郎が用向きを述べるあいだ、源太夫は目を閉じたまま一言も発することなく聞いていた。

「噂は耳に挟んでおりましたが、あのおだやかな戸崎どのも、堪えかねたということですな」と言って源太夫は目を見開いた。「そういうことでしたら、お引き受けいたそう。それにしても腕に差が、それもありすぎますからなあ」

「やはり」

同時にそう言って、弥一郎と兵馬は顔を見あわせた。

「さよう、天と地は大袈裟としても、なんと申せばよろしいか、ま、大人と子供というところでしょう」そこで言葉を切って、源太夫は二人の客の顔を交互に見た。「顔色が悪いようですが、なにか心配がおありか」

ふたたび顔を見あわせた弥一郎と兵馬を見て、源太夫は愉快でならぬというふうに笑い出した。さすがに弥一郎もむっとなった。

「いや、お腹立ちはむりもない。二人とも勘ちがいされておられるようですな」

源太夫は右手を頭上高く差し上げて「戸崎どのが天」と言い、左手を膝に置き、さらに畳に落として、「酒井洋之介が地」と言った。それでも解せぬ顔の二人に気づいて、その表情からは笑いが消えた。

「拙者の申したことが信じてもらえぬようですが」

「いえ、そのようなことは」

「案じ召さるな。喬之進どのは目をつぶっていても勝てますよ、もっとも片目だけでしたら。両目となると、……いや、それでも勝てるかもしれませんな、相手が洋之介なら。弱い犬ほどよく吠えるものです」

そこまで言われても、弥一郎と兵馬は半信半疑の態である。それを見て源太夫は、体を揺さぶって笑った。

「どうやらお二人は喬之進どのを信じておられんようだが、それでは、喬之進どのが気の毒というものです。ま、心配なさらずにゆっくりお休みくだされ。試合の件は明朝、みどもが藩庁に届けておきますので」

弥一郎と兵馬は、狐につままれたような顔をして岩倉家を辞した。

ところで、当の喬之進にはなんの変化も見られなかった。それまでとおなじように淡々としており、微塵《みじん》の緊張も感じられなかったのである。

多恵もおなじように冷静にふるまっていたが、それは表面だけで、内心は複雑であった。

前日になってもおなじで、寝に就いた喬之進はほどなく眠ってしまった。

軽い寝息を立てる喬之進の横に臥《ふ》したまま、多恵はまんじりともせずに夜を明かした。最初は、やはり大した人なのだと誇らしげに見ていたのだが、あまりにも平然とした夫の態度に次第に疑念が湧き始めたのである。

もしかするとこの人は、諦念《ていねん》に支配されているのではないだろうか。でなければ、これほどまでに平静でいられるはずがない。

兵馬の話では、喬之進は十年以上も道場には顔を出していないという。道場には通わなくてもやるだけのことはやっていると断言したが、多恵は夫が汗を流して稽古らしいことをしているのを見たことがなかった。時折、独りで釣りに出かけることがあったが、それが鍛練になるとはとても思えない。

しかし、と考え直すのである。死ぬ覚悟でいるとしても、これほどまでに平常心を保てるものだろうか。初めて須走兵馬の屋敷で会ったときに感じた、喬之進にそなわった強靭《きょうじん》な雰囲気、多恵はそれを信じたいと思う。とは言うものの……、と結論を得られぬままに堂々巡りし、とうとう払暁《ふつぎょう》を迎えてしまったのであった。

喬之進は熟睡したらしく、うがい手水《ちょうず》を済ませると爽やかな表情で、新しい下帯を身につけ羽織袴姿となった。襷《たすき》と純白の鉢巻を懐《ふところ》に納め、新しい草履を履《は》くと、大小を手挟《たばさ》み木剣を手にした。

「行ってまいる。案ずるな」

「存分にお働きなさいませ」

おおきくうなずくと喬之進は家を出、多恵は門まで見送った。

出立は七ツ（午前四時）をすこしすぎていたが、時間には十分な余裕がある。皐月《さつき》の早暁、東の方角には影絵のように稜線がくっきりと描かれ、それに接する部分の空だけが冴えた若草色をしていた。山の端を離れるにつれて、青緑色から青、そして茄子紺《なすこん》と色は急激に深くなり、西空はまだ漆黒で、無数の星がまたたいていた。夫が並木の馬場に到着するころには、人の顔がはっきりと見分けられる明るさになっているだろう。

多恵は屋内にもどると、用意しておいた風呂敷包みを取り出して結び目を解いた。襷や白鉢巻はもちろん、小太刀など必要なものすべてが整えられていた。多恵はすばやく身仕度を整え、組屋敷をあとにした。並木の馬場へは、寺町の背後を抜ける近道がある。

途上、介添の大岡弥一郎とその倅の雄一郎が合流した。喬之進たちが並木の馬場に到着すると、立会人の岩倉源太夫が待ち受けていた。源太夫は会釈すると、無言のまま床几《しょうぎ》に腰をおろした。

ほどなく寺町の方角から、介添人を一人伴った洋之介が、ゆっくりとした足取りでやって来た。喬之進よりも頭一つ以上おおきな洋之介は、胸を張って堂々とした歩様《ほよう》で近づいて来る。

喬之進と洋之介が四間の距離を置いて対峙したとき、

「お目付の許しも得た。木剣による正式の試合として、不肖岩倉源太夫が立会人となる。正々堂々と勝負に臨み、勝敗が決すれば、かならずや遺恨をいだくことのないように。用意が整えば、申されるがよい」

「すぐ始めたい。わび……戸崎どのがお疲れでなければな」

「いつでもよろしい」

侘助と言いかけてから言いなおす挑発にはすこしも動じることなく、喬之進がおだやかに答えたときである。

「お待ちください」

声のしたほうを見ると、並木の蔭から多恵が姿を現わした。それを見るなり洋之介は天を仰いで、

「加勢はかまわぬ、どのような加勢であろうとな」

弾けるように哄笑《こうしよう》した。

「静かに帰りを待てばよいものを」

「いえ、この場はわたくしめにお任せください。侮辱を受けたは、わたくしとておなじこと。それに、あなたさまがお相手なさるまでもありませぬ」

多恵の言葉に、洋之介はさらに笑ってから言った。

「これはまた申されたな。拙者はどちらからでもかまわぬぞ」

「よいから、黙って見ておれ」

有無を言わせぬ語気の強さに、多恵は初めて夫の怒りを感じて愕然となった。言葉を返すこともできずに、多恵はごくりと唾《つば》を呑みこんで、黙ってうなずいた。

二人の男は大小を介添人に預けると、襷を掛けて鉢巻を締め、袴の股立ちを取って改めて向きあった。

洋之介は上段に振りかぶり、ゆっくりと木剣をさげて斜め下段でぴたりと止めた。喬之進は木剣を左手に持ったまま、両腕をだらりと垂らし、わずかに膝を曲げて立っていた。

多恵は驚いた。なぜなら彼女が見ても力の差が歴然としていたからである。

洋之介が擦り足で、じりじりと間合いを詰めてゆく。顔に薄ら笑いを浮かべ、口もとを歪めたままであった。

二間（約三・六メートル）に迫ると洋之介は動きを止め、剣を八双に引きつけた。さすがに笑いは退いている。引きつけた木剣をゆっくりと振りかぶり、足が大地を蹴ると同時に激しく振りおろした。木太刀はうなりを立てて空を切ったが、喬之進は身を捻《ひね》ってかわした。その動きは計算していたらしく、洋之介は足が大地に着くと同時に木剣を返して水平に薙《な》いだ。喬之進はわずかに上体を反《そ》らしただけで、間一髪で切っ先を避けた。

右に左に、上から下からと、洋之介はひっきりなしに木太刀を繰り出したが、喬之進はそのすべてをわずかな間合いでかわしてゆく。多恵は息を詰めて夫と洋之介の闘い、いや洋之介の一方的な撃ちこみを見ていた。

夫はやはり只者ではなかった。楽々と切っ先を避けながら、同じ位置からさがることなく、常に一撃で相手を倒せる間合いを保っていた。腰は据わって安定し、そのために体が崩れるという不安はまったく感じられない。

洋之介が不意に立ち止まったが、その顔は上気して真っ赤になり、息は荒く、肩がおおきく上下していた。

鉢巻を外した多恵が源太夫に一礼すると、相手は一瞥《いちべつ》したが、その目には笑いが含まれていた。多恵の愚かな行為に対しての苦笑なのか、見てのとおり力の差は明らかなので、心配することはないとの意味なのか、わかりかねた。

多恵は父と兄に目礼し、あとも見ずにその場を去った。

「なぜ、男らしく堂々と立ちあわんのだ」

「わからぬか。これだけ力に差があっては、怪我だけではすまぬぞ」

「差だと？　ただ逃げておるだけで、おおきな口を叩くな」

「現にわしを撃てぬではないか」

「ほざけ！」

叫ぶなり激しく払うと、剣先は喬之進の袴を叩いておおきな音を立て、洋之介は脇腹を押さえて膝を突いていた。

「勝負あった」

源太夫の声に洋之介は怒声を発した。

「相撃ちだ！」

「真剣なら脾腹《ひばら》を裂かれて絶命しておる」

喬之進が息も乱さずに言うと、源太夫はおおきくうなずいた。それが洋之介を激昂《げっこう》させた。

「では、真剣でこい！」

「愚かなことを申されるな。真剣なら死んでいたのがわからぬか」

「恐いのだな、卑怯者めが」

「それほどまでに申されるなら、お受けいたそう」

洋之介と喬之進は介添人に木剣を渡すと、大小を受け取って手挟んだ。

二度目の勝負は一瞬にして着いた。洋之介は大刀を抜いたが、喬之進は両手を垂らしたままだった。洋之介が激しい突きを入れたがその先に喬之進の姿はなく、洋之介は地面に腹這っていたのである。首を捻って背後を見ると、抜き身をさげた喬之進がかれを静かに見おろしていた。

洋之介が突き出すと同時に喬之進は大地を蹴り、その瞬間には刀を抜き放っていた。洋之介の右肩を力まかせに蹴りつけると、反動を利用して空中で向きを変えて髷を切り落とし、着地したときには洋之介に正対していたのである。

「勝負あった！」

鋭く叫んで、源太夫が割って入った。洋之介はよろよろと立ちあがったが、信じられぬものを見た人のように、焦点の合わぬ目をしていた。

「しかとお見届けいたした。追って沙汰がござろう」

喬之進は源太夫とともに組頭に報告し、その足で目付岡本真一郎の屋敷に向かった。木剣試合ならともかく真剣で相対した以上、裁きを受けねばならない。

岡本真一郎は洋之介の目にあまる行状と、喬之進が我慢に我慢を重ねていたことは先刻承知であった。真剣勝負となることも予測していたようで、源太夫から報告を聞くなり目付は言った。

「で、酒井は死去いたしたのか」

「いいえ」

「深傷《ふかで》を負ったのか」

「いいえ」

「傷は負わなんだのか」

「流血には至っておりませぬ」

「はて、面妖な。どういうことなのだ」

「酒井には、いささか損なったものがありまして」

目付の真一郎と岩倉源太夫はわかっていて、形式的な手続きを踏むまねをしているのである。

「なにを損なったのか」

「髻《たぶさ》を少々」

「少々？　元結の下からではないのか」

「中ほどでございますな」

二人のやり取りを記録していた書役は、役目柄笑うに笑えず、体を震わせながら顔を朱に染めていた。一方、源太夫の背後にひかえた戸崎喬之進は、きまじめな顔をして身じろぎもせずにかしこまっていた。そのさまを視野の片隅に納めて岡本真一郎は続けた。

「中ほどか。いずれにせよ、ことは面倒だ」

「面倒でございますか」

と、源太夫はあくまでとぼける。

「なにしろ、天下の大法であるからな」しばらくのあいだ、視線を空中に泳がせてから目付は言った。「両名が血を流さなかったのであれば、腹を召す謂《いわ》れはないが、困ったものだな。……うーむ。……よし、こうしよう。戸崎に関しては咎《とが》める理由が見当たらぬ。武士にあるまじき言動に出た酒井洋之介には、十月《とつき》の閉門蟄居《ちっきょ》を申しつけるものとする」

「鮮やかなお裁き、感服つかまつります」

それだけの期間を見ておけば髷も結えるようになるであろうとの目付の温情は、意味をなさなかった。

裁きを告げるために下役が洋之介の屋敷に向かったが、その姿はない。自らの言動を恥じてか、愚弄されるであろうことに耐えられなくてか、出奔してしまったからである。果たし合いで髷を切られたのだ。武士にとってこれ以上の恥はない。

連れもどさなかったのを理由に、介添役は叱責を受けた。酒井洋之介が切腹しようとするので、説得してなんとか思い止まらせると、しばらくして髪を落としたいというう。元結が切られてざんばらになったありさまではむりもないと思い、並木の馬場下にある小川の畔《ほとり》で頭を丸めてやったのであった。

頭を冷やしてからもどると言うので、その冷静な態度から、切腹をしたり逐電《ちくでん》する可能性はないと判断して、独りにしたらしい。当然、連れもどさねばならなかったのである。


「お帰りなさいませ」

帰宅した喬之進を、多恵は畳に額を擦《こす》りつけて迎え、そして詫びた。

「出すぎたまねをいたしました。本当に申し訳もございません」

「家長の留守を護るのが妻女の役目であり、責任であることくらい、知らぬはずはなかろう。……とは言うものの、それもこれも、わしの身を案じてくれてのことだと思う」

喬之進が大小を腰から抜いて渡すと、多恵は両方の袖で刀を受け取った。

「が」

刀架けに両刀を置きながら多恵が振り返ると、夫の目はおだやかに笑っていた。

「もそっと信じてもらわねば、夫たるもの、……ちと、つらい」

多恵は無言のまま侘助に抱きついたが、嫁して初めて夫の顔を見あげているのに気づいた。これほどわが夫がおおきく見えたことはない。夢中のあまり、夫が立ったままで、自分は膝を突いていることを忘れていたのである。

多恵は侘助、いや喬之進の胸に顔を埋めると、さらに強く抱き締めた。

蹴殺《けころ》し

一

「武尾《ぶお》どのは、まるで梟《ふくろう》のようなお方でございますな」

岩倉源太夫が庭で軍鶏《しやも》に行水をさせていると、湯温を調節していた権助が、鉄瓶の湯をすこしずつ加えながら、つぶやくように言った。頭髪だけでなく、無精のために伸びた髭《くちひげ》、髯《ほおひげ》、鬚《あごひげ》のすべてが、胡麻塩を通り越してほぼ真っ白になっている。あのことに気づいたのだとしたら、わが下男もたいしたものだと感心しながら源太夫は権助を一瞥《いちべつ》した。

大の男二人の世話を受けながら、軍鶏は傲然《ごうぜん》と胸を張り、盥《たらい》のほぼ中央にすっくと立っている。心地よい秋風に、緑、紫、茶などの金属光沢をした蓑毛《みのげ》がかすかにゆれて、そのたびに羽毛の色が微妙な変化を見せた。

空気が乾いているためだろう、物の影がくっきりと濃い。

老いた下男は軍鶏から離れた盥の端のほうに、湯を注意深くちょろちょろと注《そそ》いでいた。

「ほほう、源太夫は軍鶏の太い腿肉を、ていねいに揉みほぐしながら言った。

「ほほう、なぜにそう思うな」

「その、ほほうでございますよ。あの御仁は懐手をしたままで、てまえがなにを申しても感心したように、ほほう、さようか、とこうでございます」

「口癖であろう」

「空模様からしますと夜分は雨になりそうでございますな。ほほう、さようか。正願《せいがん》寺《じ》の白猫が真っ黒な仔猫を産んだとのことです。ほほう、さようか。判で捺《お》したように、ほほう、さようか、でございますよ。しかも、茶と焦げ茶の算盤縞《そろばんじま》のような着物をお召しで、それにあの丸い目、梟としか言いようがないではありませぬか」

　源太夫よりひとまわりほど若いと思われる武尾は、目と鼻に特徴がある独特の風貌をしていた。なによりも印象的なのはその目で、陽射しのあるうちは細めているが、朝晩と、驚いたり興奮したりしたときには、まんまるの団栗《どんぐり》まなこになる。つまり一日のほとんどは細い目をしているのに、いや、それだからこそかもしれないが、薄暗い朝晩や、驚いたときのまるさが際立つのだ。だから武尾と聞いただけで、だれもが団栗まなこを思い浮かべるほどであった。

「梟はボロスケほほう、ボロ着てほほう、と啼くと申します」

「そのようなことを言ってはならんぞ。着たきりなのを気にしておるかもしれんからな」

「もちろんでございます、が」

「が、なんだ」

「なにを考えているのでございましょうな、あの御仁」

「そっとしておいてあげろ。あれで、どうして気を使っているらしい。今日も釣りに行かれたのか」

「それが、いい腕でございまして」

言い方からすると、権助は別に武尾を嫌っているわけではないらしい。ただ、なんとなく気になって、ふと漏らしたのだろう。

「釣りの得意な梟侍となると」と源太夫はつぶやいた。「軍鶏侍のわしとは、よい取り合わせではないか」

権助はちらりと源太夫を見てなにか言いかけたが、そのまま口をつぐんでしまった。

「岩倉どのにお目にかかりたい」

五日まえのことである。くたびれた感じの武士が、源太夫の道場にやってきてそう告げた。若い弟子に知らされた源太夫は、一目ようすを見て事情があるらしいと察し、母屋《おもや》に案内するように命じた。浪人だが、ときに現われる他流試合の申し入れではなさそうだ。そういう連中は肩をそびやかせ、武張《ぶば》っているので一目でわかるのである。

表座敷の、庭寄りの位置に坐った相手に道場主の岩倉だと告げると、相手は武尾福《ふく》太郎《たろう》と名乗った。

みつが茶を出してさがるのを見送ってから、武尾は実は折り入っておねがいの儀があるのだがと、申し訳なさそうな表情で告げた。源太夫が目でうながすと、口を開きかけたが、照れくさそうに首筋を指で掻き、やがて小さな声で言った。

「薪《まき》割りとか道場の拭き掃除など、なにか仕事をさせてもらえぬであろうか。そのかわり、あつかましいねがいではあるが」武尾はまたしても首を掻いた。「当分のあいだやっかいになりたい。この一両日というもの水ばかりで、食しておらんのです」

源太夫はみつを呼んで用意を言いつけたが、そのまえに饅頭《まんじゅう》なり菓子なりがあればお持ちするようにと言った。

武尾は恥じ入って、顔だけでなく首筋まで朱に染めていた。人のいい男のようで、すくなくとも悪人ではなさそうである。

みつが淹《い》れ直した茶と羊羹《ようかん》を持ってくると、武尾は下品さは感じさせなかったものの、それでもかなりの速度で食べ終わった。茶を啜《すす》るとようやく一息ついたらしく、はにかんだような笑みを浮かべた。

事情があるのだろうが、源太夫はそれについて詮索するつもりはなかった。喋りたくなれば喋るだろうし、喋りたくなければ黙すだけである。むりに関わろうとしないほうがいい。人と人の縁《えにし》というものは、いくら避けようとしても生じるときには生じるし、関わりたくても思うように運ばないこともある。

羊羹が腹に納まって一段落つくと、武尾は問わず語りで、浪人であること、事情があって親類の世話にならなければならぬことになって旅に出たが、その途上、旅籠《はたご》で枕探しの害に遭《あ》って、わずかな持ち金を奪われてしまったことなどを打ち明けた。

その相手が男か女かは言わなかったが、おそらくは女であり、酒か色仕掛けに嵌《は》められたにちがいないという気がした。いささかだらしないが、酒や女がからめばありえないことではない。

「武士として恥ずべきで、人に話せるようなことではありませんな。などと申しながら、打ち明けてしまいましたが」

武尾はそう言うと、白い歯を見せて屈託なく笑った。源太夫がつられて笑っているところに、みつが食事を運んできた。

「お冷《ひや》で申し訳ございません。いま炊いておりますので、とりあえずはこんなもので、がまんしてくださいませ」

「いや、かたじけない。では、遠慮なく馳走《ちそう》になります」

みつが飯を茶碗によそった。あとは焼いた干魚、香のもの、味噌汁、それだけである。

給仕を終えてさがるみつのうしろ姿にちいさく頭をさげ、源太夫にも目礼すると、武尾は節度をもって、とはいうもののかなりの速さで食べ終えた。

「そのような事情でござれば、当分はのんびりされるがよろしかろう」

とは言ったものの、源太夫は武尾の事情についてはまるでわからなかった。親類を頼るとのことだが、そこに至った経緯《いきさつ》がどのようなものであったのか、どこから来てどこに向かっているのかもわからない。

旅の途上で難に遭ったとのことだが、三方を山に囲まれた園瀬の盆地は、どちらかと言えば閉鎖された地である。おおきな街道が走っているわけではないし、西は屏《びょう》風《ぶ》のような峻《しゅん》嶮《けん》な山脈であり、南北と東も山塊となって、開けているのは隣藩と接した東北の方角だけであった。遠い地に向かうとすれば、平地の多い隣藩の街道を利用するのが普通である。

たしかに事情があるのだろう。

親類を頼るにしても路銀が必要となるので、金をなんとかしてやらねばならない、と源太夫は考えていた。

黙って金を渡しても受け取らないだろうから、弟子を教えてもらって、それを理由に謝礼を包むようにするのがもっとも穏当で自然だと思った。それは折があればでよかろうと、源太夫はその話は持ち出さなかった。

目の運びが鋭いとか、身のこなしが俊敏というわけではないが、源太夫は武尾がかなりの使い手であると見ていた。打ち明け話にしても事実かどうかはわからないし、正直に話さなければならないわけでもないのである。

「気がねせずに、当分はのんびりされるがよろしい。と申しても道場ゆえ、朝から夕刻まで騒々しくて落ち着かぬでしょうが」

「もし迷惑でなければ、見学させてもらうわけにはゆきませんかな」

「ご随意に。それから、なんなりと遠慮なく申されるように」

「ご配慮かたじけない」

言っているところに、みつが湯気が立っている米櫃《こめびつ》と、この地でドモと呼ぶ川魚の煮つけ、味噌汁をのせた盆を持って来た。武尾は恐縮し、今度はさきほどよりもずっとゆっくりと食べた。おかわりも一膳だけである。もっとも満腹したからか、遠慮のためかは判断がつきかねた。

二

そのようにして、武尾福太郎はやって来た日に、岩倉道場の食客となったのである。ただ居候《いそうろう》という負い目のためか、なにかというと手伝いたがった。

権助は軍鶏の体格をよくするために、刻み青菜と糠《ぬか》を水で練ったものだけでなく、餌に小魚などを混ぜていた。庖丁の背で叩いて頭も骨もつぶしてしまい、それをぶつ切りにし、砕いた貝殻といっしょに与えるのである。それを知った武尾は、転がりこんだ翌日から、竿と魚籠《びく》を借りて花房川に出かけるようになった。

その武尾に、市蔵と幸司がすっかりなついてしまったのである。そのためもあって、かれに対する印象は悪くはない。子供に好かれる者が悪人であるはずがないとの思いこみが、だれにもあるからだ。

源太夫とみつは、市蔵と幸司を兄弟として分け隔《へだ》てなく育てていたが、二人に血のつながりはなかった。孤児となった市蔵を養子にしてほどなく、子を産めぬとばかり思っていたみつが身籠もったのであった。月満ちて生まれたのが幸司である。

市蔵は四歳、幸司は一歳であった。その市蔵が、「梟の小父《おじ》さん」と呼んで武尾につきまとうのでみつは叱りつけた。

「なにも叱らずともよろしい」と武尾は笑った。「この顔ですからな。それに名が福太郎なので、昔から梟と呼ばれております」

本人にそう言われると、みつもそれ以上は叱ることができなかった。それをいいことに、市蔵は武尾の釣りの供をするようになった。源太夫とみつ、そして権助にとっても、それはありがたいことで、ついつい武尾にまかせるようになったのである。

源太夫は母屋で寝泊まりするように勧めたが、武尾は遠慮してか道場の控え室で寝起きしていた。食事は源太夫たちといっしょに母屋でとり、弟子が道場に現われるころには、みつの作った握り飯を弁当に、市蔵を連れて花房川の、うそヶ淵か沈鐘ヶ淵に出かけた。しかも連日、魚籠が重くなるほどの釣果をあげてもどるのであった。

「武尾さま、釣りは何日か置きでけっこうでございますよ。これでは軍鶏も喰いきれませんでな」

「ほほう、あまると申すか。されどわしは、軍鶏のためだけに釣っておるわけではないつもりだが」

まいらぬか」

「人にも食してもらおうと思うてな。それとも、軍鶏が喰うものを人が食すわけには
「と申しますと」

「軍鶏のお裾わけでございますか」

「それが気に入らぬなら、軍鶏にお裾わけするということにすればよかろう」

「おなじことでございますよ」

権助はあきれて苦笑したが、それがあってからは武尾の好きにさせるようになった。真剣に、むきになって話し合うのがばからしくなるような、どこかとぼけた部分がこの男にはある。

魚はほとんどが鮠《はや》や鮒《ふな》、そしてドモなどであった。ダボハゼの一種であるドモは、口がおおきくてどんな餌であろうと喰いつくので、素人にも簡単に釣れるため、武尾の獲物の中でも特に多かった。頭がおおきくて骨が硬く、身がすくないので、よほど腹を空かせた野良猫でもなければ見向きもしない雑魚《ざこ》である。

しかし文句を言いながらも、権助はあまったドモを捨てなかった。もっともそのままでは食べられたものではないので、あとはみつの受け持ちとなる。

茶殻をたっぷりと入れた土鍋で長時間とろとろと煮ると、ドモは骨までやわらかく

なる。茶殻を捨てると醬油に少量の酒を垂らして煮つけるのだが、貴重品の砂糖はほんの申し訳ていどにしか入れることができない。しかし、時間さえかければ金のかからぬ保存食となるので、園瀬の里では百姓や町人だけでなく、武家でも重宝し、作る家は多かった。

見学させてもらってもいいかと訊きながら、たまに道場に坐っても、武尾は稽古にはあまり関心がなさそうで、生あくびを嚙み殺したりしていた。そのうち庭に出ると、軍鶏の世話をする権助についてまわり、あれこれと質問攻めにし始めた。

武尾福太郎が居候を続けるのは、親類の所に行くための路銀がなくて動けないからだということはわかっていたが、源太夫は弟子を指導してもらう話を切り出せないでいた。どことなく話しにくくもあったし、それに食客が一人いても困ることもないので、延び延びになっていたのであった。

弟子たちも道場主の客だということで、それなりに尊重し、一定の距離を置いて接していた。酒は飲めるというほどではなかったが、誘えば拒まないし、飲むと明るい酒である。しかも遠慮深く節度もあるので、悪い印象を持つ者はいなかった。武尾福太郎はいつの間にか、身内のような存在として、だれもが違和感を持たぬほどに、岩倉道場に溶けこんでいた。

しかし源太夫は、注意深く武尾のようすを見守っていた。なぜならかれの不可解な行動を、たまたま目にしたからである。

武尾が食客となって数日後の夜のことであった。かなり更けてから厠《かわや》に立った源太夫は、もどろうとしたとき、夜気の中にそこはかとない違和感を覚えた。濡れ縁に突っ立ったまま、かれは闇夜に神経をめぐらせた。

上弦か下弦かはわからなかったが、月はとっくに西に聳《そび》える連山の向こうに沈んでいた。闇夜ではあっても、いわゆる星月夜で、山の稜線や道場の屋根の輪郭がおぼろげながらわかった。

源太夫は佇立《ちょりつ》したまま、身動きもせずに闇に目を凝《こ》らしていた。体のどこか、おそらくは勘が、動いてはならぬと命じたのである。一刻（約二時間）もそうしていたであろうか、かれは道場の軒下に突っ立って、微動もせぬ人の姿、男にちがいないと思われる存在を感得していた。

母屋と道場のあいだは、九間（約十六メートル）ほどの空き地になっている。そこは昼間、軍鶏の唐丸籠を並べ、権助が枡落としで雀を捕らえ、そして源太夫が軍鶏に行水を使わせる庭であった。

いつの間にか、まるで闇に溶けこんだように、軒下の気配が消えていた。

山の稜線が先刻よりもくっきりと浮き出、山に近い空の色は漆黒から濃い菫《すみれ》色に変わっていた。源太夫の目が闇になれたので稜線が明瞭になったのではない、夜が終わったのである。漆黒だった空は、濃紺から紺色、そして深い青へと急激に色を変え、ほどなく夜は明けた。

顔はおろか姿さえ見たわけではなかったが、源太夫は軒下に突っ立ったまま闇に対峙していたのが、武尾であることを確信していた。その行為はまちがいなく、かれが岩倉道場を訪れたことに関わっているはずである。でなければ、そんな時刻に一刻も、微動もせずに立っているわけがない。

まるで梟のようなお方だと権助が言ったとき、源太夫は忠実な、そして奇妙な能力をそなえた下男が、おなじように気づき、教えようとしたのだと勘違いしたのであった。だが権助は、武尾の「ほほう」と繰り返す口癖や、梟のような団栗まなこ、あるいは羽毛にも似た色の着物から連想しただけであったらしい。

「岩倉どのは、蹴殺《けころ》しという秘剣を編《あ》み出されたそうですな」

闇に気配を感じてから数日後、母屋の縁側で茶を飲んでいるときに、武尾がさりげなくという感じで訊いた。

そこから見える濠《ほり》の一部が、真っ青な秋空を映している。秋の陽がまぶしいほどで、ちらりと見ると、武尾の目は細められて一本の線となっていた。その横顔からはなにも汲《く》み取れなかったが、先夜のことがあったからには、単なる好奇心からの発言とも思えない。

源太夫はやはりこれが武尾の事情であったのかと、なんとなく腑に落ちたのであった。それにしても、いかにして武尾は蹴殺しを知ったのであろうか。

蹴殺しは源太夫が江戸詰めの折、軍鶏好きの大身旗本の隠居秋山勢右衛門の屋敷で、鶏合《とりあ》わせ（闘鶏）を見て閃《ひらめ》いた技であった。そして勢右衛門の三男、精十郎の協力のもとに編み出した秘剣である。

江戸詰めを終えて園瀬にもどった源太夫は、真剣で二度渡り合ったが、その勝負でも蹴殺しは使っていなかった。

秘剣などというものは、すべからくまともな剣ではない。道場で教わる技の手順や、碁における定石《じようせき》がごときものは、互角の相手とまともに闘いさえすれば、常に優位に立つことができるように、工夫され編まれたものだ。

秘剣が秘剣たる所以《ゆえん》は、定石の裏をかいて相手を混乱させることにある。狼狽《ろうばい》すれば人は実力の半分も出せるものではなく、とすれば勝負の帰趨《きすう》は明らかだ。また敵手が秘剣を使うと知っている場合、人はその言葉の魔力に縛られ、その時点ですでに敗北していることが多い。

蹴殺しの存在を知る者は三人、いや権助を入れると四人であった。もっとも言葉だけで、いまや見た者は一人もいない。秋山精十郎はすでに死に、筆頭家老稲川八郎兵衛は数年まえの政変後、家禄を取りあげられて妻子は領外追放、本人は雁金村に蟄居《ちっきょ》の身となった。物頭《ものがしら》の林甚五兵衛は百石の減石と一年の閉門ののち、役には就いていない。しかし、稲川や林が洩らした可能性がないとはいえなかった。

武尾はどこかでたまたま蹴殺しの名を耳にし、その技を知ろうとひと芝居打って、道場の食客となったのだろうか。そうではなくて、食客となってから、偶然に知ったのであろうか。

源太夫はさりげなく水を向けた。

「武尾どのは、どこで、だれにお聞きになられた」

「下僕の」

「権助が話しましたか」

「いや、その者に、しばらく道場に住みこんでいたという若侍が」

「大村圭二郎」

「そうそう、その圭二郎どのが、蹴殺しとはどんな剣なのかと訊いていたのを耳にし、みどもも興味を」

そうか、権助が圭二郎に教えたとすると、ほかにも知っている者がいても不思議ではない。

「ならば、お気の毒であるな」

「……?」

「二十代、せいぜい三十代の前半までの、軽快に動ける者にのみ使える技で、四十を過ぎたそれがしにはもはや使える剣ではない。名だけあって実がないというだけでなく、それがしにしても一度も使うてはおらんのだ」

武尾はなにも言わずに、しばらくのあいだ、そのまんまるな目で源太夫を凝視していたが、どことなく気抜けのした調子で言った。

「ほほう、なるほど。幻の秘剣、蹴殺し、でござるか。となると、いや、ゆえに、ですかな、みどものごとき、どこの馬の骨とも知れぬ者に見せても、意味がないと」

「いやいや、秘剣とは人には見せぬ、秘めたる剣だからこそ秘剣。見せた途端に秘剣ではなくなり申す」

「まるで禅問答ですが、しかし、それにしても残念」

「…………」

「秘剣などというものには、めったにお目にかかれるものではないですからな」

「だから、気の毒だと申しておる」

「見せてもらうことは叶《かな》わぬとして、どんな剣か話してはいただけぬか」

それまでの淡白さはどこへやら、武尾はいやに執拗《しつよう》で、源太夫はいささか持て余しぎみであった。

「武尾どのは楽の音《ね》について話すように言われて、話せますかな」

「楽の音でござるか」

「さよう。たとえば祭囃子《ばやし》が陽気なことは説明できても、なぜ陽気なのか、どこがどうだから陽気に感じられるのか。葦《あし》笛の音はもの哀しい、それは多くの人が感じることです。だがその音のどこがそう感じさせるのか、なぜもの哀しいのか。それは説明できることではござらん」

「お待ちいただきたい。話をすり替えられては困る」

「すり替え、ですと」

「さよう。楽の音はたしかに目には見え申さぬが、秘剣は見えますぞ」

源太夫は言葉につまった。理屈では武尾の言うとおりであったが、その理屈自体が牽強付会《こじつけ》であるのに、それを打ち砕くことができないのである。

「いやいや、袋小路にはまったようですな。いかがですか、その鶏合わせとやらを見せていただけませぬか。もしかすれば、蹴殺しの秘密がつかめるかもしれませんでな」

「そういえば、武尾どのは鶏合わせをご覧になったことが……」

一度もなかったのである。武尾が居候、いや食客となってから、何度か若鶏の味見（稽古試合）をおこなっているが、その日はあいにく、武尾は釣りに出ていたのだ。

三

源太夫は権助に、圭二郎に蹴殺しについて話したことがあるかと訊いてみた。

「ございますよ、大旦那さま」

とすれば、武尾はでたらめを言ったわけではなかったのである。念のためにいつだったかと問うと、圭二郎が道場に住みこんでいたころだと答えた。

花房川に現われた三尺（約九十センチ）はあろうかという巨鯉を、圭二郎は権助の援《たす》けを借りて四ヶ月も餌つけし、豪雨の直前についに釣りあげたのである。しかし鯉との知恵比べに負けて糸を切られ、逃げられたのであった。

「圭二郎どのは鯉を鎧《よろい》武者と呼んでおりましてな、相手をえらいと思うと、土壇場でうっちゃられてしまうと申したのですが」

権助は何ヶ月かまえのことを思い出しでもしたのか、目を細くした。その会話は源太夫も覚えていた。たまたま耳にし、下男ながらたいしたものだと感心したことがある。

「鯉を釣りあげながら、逃げられ、土砂降りの中を濡れ鼠になってもどりました。野中に小舎がありましたので、そこで着ているものを乾かし、お慰めしたのでございますよ。圭二郎どのが、真剣勝負ならまちがいなく斬られていたと申しましたので」

権助は源太夫が軍鶏の鶏合わせを見て、剣の極意を会得《えとく》したのだと教えた。つまり蹴殺しである。だから鎧武者との闘いから、圭二郎も秘剣を編み出せるかもしれないと慰めたのだという。

となると、武尾は食客となってから蹴殺しを知ったことになる。どうやら源太夫の杞憂《きゆう》であったようだ。だがまてよ、蹴殺しを知って接近したが、切り出せないままにいたところに、圭二郎と権助の会話を耳にし、よい口実ができたと口にしたと考えられないだろうか。

その疑問は次の日に晴れた。

「なぜ今ごろになって、圭二郎どのはあのことを訊いたのでしょう」

と、権助が思いをめぐらせる顔でそういったのである。

「蹴殺しのことを話したのは、夏の終わりでした。それが秋の半ばになって、それはどんな秘剣なのだ、などと訊くのですからな」

「それはいつのことだ」

「ええ、と」権助は指を折った。「五、六日まえでしたか」

武尾福太郎はたまたま園瀬藩に来た折に枕探しの被害に遭い、やむをえず岩倉道場の食客となったのだ。そして蹴殺しという秘剣があることを知り、それに興味を抱いただけなのだろう。すると、闇夜のあれはなんだったのだろうか。

源太夫が武尾に見せたのは、若鶏の味見である。

道場で稽古に励んでいた圭二郎を呼んで、手伝わせることにした。二羽を闘わせるためには、権助だけでは手が足りない。

二人は源太夫が示した唐丸籠から、それぞれ若鶏を連れてきた。一羽は茶と朽葉《くちば》色、それに鉄錆色が混じったくすんだ羽色、もう一羽は白っぽい青緑をした白笹であった。土瓶から含んだ水を頸《くび》から上に何度も吹きかけ、続いて口を開けさせると水を流しこんだ。闘うと急激に体温があがるので、あらかじめ冷やしておくのである。

鶏合わせは二枚の莚《むしろ》を縦につなぎ、それを丸めて立てた、高さ三尺、径四尺の円形の中で闘わせる。つまり土俵というわけだ。

源太夫は権助に命じて床几《しょうぎ》を用意させたが、坐っていては見ることができないので、立って土俵の内を覗きこむことになる。初めて鶏合わせを見る武尾は、何事も見逃すまいとでもいうように、いつもは細めている目を見開いて真剣に見ている。

権助と圭二郎は、背後から包みこむようにして持った若鶏を、何度も突きあわせた。繰り返すうちに闘志を掻き立てられるのだろう、二羽は今にも飛びかからんばかりに、押さえられた翼を振りほどこうとする。

ぴたりと合った呼吸で、権助と圭二郎は同時に若鶏を土俵におろした。二人が手を放すやいなや、二羽は高く跳びあがり、脚の指をいっぱいに開いて、鋭い鉤爪《かぎづめ》で敵手の顔や頸をねらう。動きは目まぐるしく、武尾の目がますますおおきくまるくなっていく。

金属光沢をした蓑毛が、火消しのふりまわす馬簾《ばれん》のようにふわりと持ちあがり、頸が三倍も太く見えた。体がぶつかり、嘴《くちばし》や蹴爪《けづめ》が相手の急所をねらうたびに羽毛が、ときには血が飛び散る。

だがやがて、頸をからませて互いにもたれかかることが多くなった。口をおおきく開けて、口腔の奥を見せるようになると、源太夫は手をあげた。権助と圭二郎は心得たとばかり、二羽を引き離した。次の若鶏を指示すると、下男と弟子はうなずき、闘い終えた二羽を唐丸籠にもどし、新たな若鶏を連れてくるためにその場を離れた。

「まだふた月あまり、三月にもならん若鶏なので、あのくらいにしておかんとな」

「ふた月、三月というと、まだ雛《ひな》ではござらんか。それにしては見事な闘いぶりでござる」

武尾の目はいつの間にか、線にもどっていた。

「ところで武尾どのは、茶と白笹のどちらに軍配をあげられた」

「白笹とは洒落《しゃれ》た色でござるな。しかし、茶色のほうが上でござろう」

「ほほう」と言ってから、これではどちらが梟侍かわからぬな、と源太夫は心の内で苦笑した。「なぜにそのように思われた」

「茶は余力を残しておりましたな。相手の動きがさらに鈍れば、一気に決着をつけるという心づもりで、頃合いを見計らっていたのだと、それがしは見ましたが」

「なるほど、さすがにお目が高い」

今度の若鶏は茶にところどころ白が混じった毛色なので、先に闘わせた茶に比べずっと明るく感じられた。もう一羽は白と黒がほぼ均等なため、胸前と背は碁石をばらまいたような羽色に見える。

権助と圭二郎はおなじように霧を吹き、水を飲ませると、挑発するように二羽をけしかけてから、そっと地面におろした。手を放すやいなや、若鶏は敵手に凄まじい攻撃を仕掛け、羽毛が舞い散った。

細かった武尾の目が、ふたたび真円になっていた。鶏合わせのすさまじさに興奮したのだろう、味見が終わっても、息を弾ませて言葉を発することができないでいる。

源太夫が稽古を中止させ、権助と圭二郎が白茶と碁石を唐丸籠にもどしにその場を去ったときになって、武尾が感嘆したように言った。

「卵から孵《かえ》ったばかり、わずかふた月、三月の若鶏でこれですか。百戦錬磨の成鶏となると、うーん、考えただけで心がふるえる」

「そのうちにお見せしましょう。それにしてもご執心ですな」

「いや、そのうちになどと言わずに、今、この場で見せていただけませぬか」

「そうは申されても、手順を踏んで稽古をしておるので、みだりに闘わせるわけにはまいらんのだ」

「そこを枉《ま》げてお願いいたす」

「勘弁ねがいたい」

「一生のおねがい、とはいささか大袈裟かもしれませぬが、ぜひにも見せていただきたい」

二人は瞬きもせずに見あっていたが、不意に武尾が膝に両手をおいて深々と頭をさげた。源太夫があきれはてて見ていると、顔をあげた武尾がにこりとし、はにかんだような笑いを浮かべた。まるで子供である。

成鶏の鶏合わせは、武士にすれば真剣勝負であった。だからやたらと人に見せるものではないが、それでは武尾を納得させられそうにない。

「権助」と源太夫は下僕を呼んだ。「線香の用意をしてくれ」

「へえ」

権助は一礼すると母屋に向かった。それを見た圭二郎が道場にもどろうとするので、源太夫はまだ手伝ってもらうことがあるので残るようにと命じた。「はい」と少年は素直に返辞をし、かれらからすこし離れた場所に黙って立っていた。

怪訝《けげん》な顔をしていた武尾は、しばらく思案していたが、やがて膝を打った。

「なるほど、線香の意味がわかり申した。勝負がつくまで闘わせるのではござらんのだな」

「それをやっておったのでは、勝負のたびにどちらか一羽を、ときには二羽ともだめにしてしまう」

雌鶏《めんどり》が産んだ八個前後の卵は矮鶏《ちゃぼ》が温めて雛に孵《かえ》すが、永くて半年ほどようすを見る。残すのは一、二羽で、孵った雛を一羽も残さないことすらあった。

だから生き延びた成鶏は、それぞれが能力にすぐれ、独特の個性と闘法を持っている。成鶏を闘わせるとき、源太夫は慎重にならざるを得なかった。

源太夫はなにも知らぬ武尾に、勝負の付け方や決まりについて説明した。

闘いで一方が死ねば勝敗は明らかだが、普通は次の三つで決まる。

まず逃げ出す。とても敵《かな》わぬ相手だと感じると、軍鶏は三尺の土俵を飛び越えて逃げてしまうのである。

次にうずくまる。つまり闘う意思のないことを示すと、優位に立った相手はそれ以上攻撃しない。

そして悲鳴をあげる。朝、刻《とき》を告げる以外は、軍鶏は啼かないものである。たまにちいさくルルあるいはロロロと、喉を鳴らすことはあるが、悲鳴はその二つとは明らかにちがう。

しかし、そのどれかで決着がつくことはめったにない。よほどの力の差がないかぎり、軍鶏は逃げず、うずくまらず、悲鳴をあげることなく、際限なく闘い続けるのだ。そして、ひとたび勝負がつけば、勝者が敗者をそれ以上攻撃することはない。実に潔《いさぎよ》いのである。

「ほほう、さようでござるか」を連発しながら、武尾は源太夫の説明に耳を傾けていた。

やがて熾《おこ》った炭火を載せた十能《じゅうのう》と、線香を手にした権助がもどったので、源太夫は権助と圭二郎に闘わせる軍鶏を命じた。

権助のほうは胸が厚くてがっしりとした大柄な軍鶏であったが、圭二郎が連れてきたのは小柄なうえに左目がつぶれていた。

「味見つまり稽古試合では、決着がつくまで闘わせることはない」源太夫は武尾に説明した。「線香一本が燃え切るまで、勝負を持続できるかどうかで決める。イとロがいて、イのほうの力量が上だと判断すると、線香が燃え尽きるまで耐えることができれば、ロの勝ちとする方法だな」

「ちょんの間ということでござるな」

武尾がそう言うと、権助だけがくすりと笑った。

安女郎を買う場合、線香一本でいくらと計算する。それで終えたくなければ、さらに一本を追加する計算法だ。線香が燃え尽きる時間は、ほぼ四半刻（約三十分）であった。それが、ちょんの間である。

「さて、こちらをイとし」と源太夫は権助の軍鶏を示して、次に圭二郎のほうを指さした。「そちらをロとするとして、武尾どのはどちらが有利と見られるか」

「大旦那さま」権助が小声で言った。「一本は要りません。半分あれば十分でございましょう」

「そうだな。政宗《まさむね》公ならそんなものだろう」

「ああ、独眼龍でござるか」しばらく考えていた武尾が、素《す》っ頓狂《とんきよう》な声を出した。「だが闘いにおいて、片目では不利でござろう。しかも体格がここまでちがっておれば」

「とするとイ、つまり弁慶《べんけい》が有利と見られるわけだな」

武尾がおおきくうなずいたのを見て、源太夫は権助と圭二郎に目顔で合図した。二人は心得たとばかり、先ほどとおなじ手順を繰り返した。つまり霧を吹き、水を飲ませ、けしかける一連の準備である。

源太夫は燧火を線香に移し、完全に火がつくと、二人に始めるように命じた。

成鶏の闘いぶりは、先刻の若鶏とはまるで比べ物にならなかった。まず速さがちがったし、繰り出す攻撃の技が多彩で変化に富んでいた。

弁慶は圧倒的な体力差にものを言わせ、頸をからませようとし、体を密着させて圧迫することで政宗の体力の消耗をねらう。政宗は目にもとまらぬ敏捷《びんしょう》さでその裏をかき、攻撃をかわし、弁慶の側面から、ときには背後にまわって相手を翻弄《ほんろう》するのであった。

武尾は目を見開き、口までおおきく開けて、ひたすら見入っている。

常に相手を追い詰めよう、上からのしかかるように圧倒しようとして優勢に動いていた弁慶が、いつしか守勢にまわっていた。口をおおきく開けて喘《あえ》ぎ、肩で息をし、足元をふらつかせさえするようになった。

「それまで」

源太夫が声を発した。線香が燃え尽きて、白い灰だけとなっていた。

「武尾どのの見こみどおり、弁慶の勝ちでござる」

政宗が終始圧倒したが、弁慶は線香が燃え尽きるまでなんとか耐え抜いたのである。

「勝ちは勝ちにちがいないが、試合に勝っても、勝負には負けましたな。それにしても政宗公はすごい。あれだけ体格に差があるのに、まるでものともしない。それと、自分の左に相手が来ぬように、常に右になるようにして闘っておりましたな」

「堪能されましたか」

「これほどだとは思いもせなんだ。それにしても軍鶏の喧嘩が」

「鶏合わせ」

源太夫は短くたしなめた。

「その鶏合わせでござるが、これだけ激しく、奥の深いものだとは」

「武尾どのも、ようくご覧になられて、秘剣を編み出されてはいかがかな」

床几に腰をおろした武尾は、権助が乾かすために濡れた莚を拡げ、その辺りの片づけをすませても、腕組みをしたまま長い時間動こうとはしなかった。

陽が暮れかかり、市蔵がいくらかしっかりしてきたものの、とことことした頼りない足どりで、夕餉《ゆうげ》のしたくができたと呼びに来たが、それでも武尾は腕を組んだまま動かなかった。

「梟の小父さん」と言いながら市蔵が体をゆさぶると、ようやく武尾は立ちあがったのである。

四

翌朝、食事を終えて茶を飲んでいるときに、ゆっくりと茶碗を置いた武尾が、源太夫のほうに体を向けた。硬い表情をして、拳を両膝の上で握りしめている。

「実は折り入っておねがいの儀がござる」

「折り入っておねがいというのは二度目ですな、一生のねがいが、たしか一度」

「そう皮肉を申されるな」武尾は困ったような顔になって、首筋をかいた。「出鼻をくじかれては、なにも言えぬではありませぬか」

ゆるみかけた頬を引き締めて、源太夫は改めて食客の顔を見た。東と南側の障子に陽が当たって、室内はずいぶんと明るかったが、武尾はいつものような細い目ではなく、まんまるに見開いていた。そのためだろうが、どことなく驚いたような雰囲気となって、どう見ても真剣味に欠けるのである。

「実は折り入っておねがいの儀がござって」

武尾はそう繰り返したが、源太夫もさすがに今度は笑わず、目顔で先をうながした。

「みどもを、ぜひとも弟子の末席に加えていただきたい」

「気の毒ではあるが、それはできぬ」

武尾はちいさく口を開けたまま、凍りついたようになってしまった。

「藩士およびその子弟を指導することで、藩主九頭目《くずめ》隆頼《たかより》さまに許可されて開いた道場でしてな。しかも、禄を食《は》んでいる身であれば、勝手に弟子を取ることはでき申さぬ」

相手は気の毒になるくらい落胆し、がくりと肩を落とした。しばらく唇を噛んで下を向いていたが、不意に顔をあげると言った。

「岩倉道場の弟子ではなく、源太夫どのの私的な弟子であれば、よろしかろう」

「言葉の詐術《ごまかし》は通じませんぞ」きっぱりと釘を刺してから、源太夫は口調を変えた。

「それよりも、当道場で弟子を教えていただくというのは、いかがであろう」

「弟子入り志願のそれがしが、弟子の指導でござるか、それはまた突拍子もない申し出ですな」

「以前から心にかかっておったのだが、ちょうどいい機会でござる」有無を言わせずに源太夫は続けた。「いずれの藩かは存ぜぬが、親類を頼らねばならぬと申されたな」

「たしかに」

「その途上、枕探しに遭われ、一文無しとなって当道場にまいられた」

「いかにもそのとおりでござるが、なにも一文無しに力をいれずとも」

武尾の抗議を無視して源太夫は続けた。

「その親類のもとに行かれる件だが、いつまでもそのままにしておくわけにはまいりますまい」

「いや、その点は心配ご無用」

「しかし、いずれ行かねばならぬ。となると路銀が入り用となる。むろん、融通いたすことに吝《やぶさ》かではない」

「とんでもない。これほどやっかいになりながら、さらなる迷惑をかけるわけにはまいりませぬ」

「貴公の気性からすれば当然でござろうな。そこでだ、弟子を教えていただければ、それに対する正当な謝礼をお支払いできると申しておる」

武尾はなにか言いかけたが、言葉にならなかった。右手を途中まであげてしばらくそのままでいたが、やがて膝におろし、おおきく溜息をついた。

源太夫はおだやかに笑いかけた。

「いいかげんに諦《あきら》められてはいかがかな」

「………」

「弟子になろうというのは、畢竟《ひっきょう》、蹴殺しがどのような剣であるかを知りたいからでござろう。だがすでに申したように、幻の剣にすぎぬ。編み出した本人のそれがしが、一度も用いておらぬし、今後も用いる気は毛頭ないのだ。それに、先日も申したように、今となっては使おうにも使えぬ」

「用いる気がなく、しかも使えぬのであれば、なにも秘することはございますまい。どのような剣であるかだけでも、話していただけぬか」

「くどい」

「さよう、くどい。子供とおなじで、思いどおりにならねば、いつまでも繰り返しますぞ」

腹に据えかねて、源太夫は武尾を睨みつけたが、相手も目を逸らそうとはしない。いい加減にしろと呶鳴《どな》りつけようとした瞬間に、相手が言った。

「そこを枉げて」

「それは二度目だ」と言って源太夫はぷいと横を向いた。「あきれ果てた御仁であるな。では、一度しか申さぬので、しかとお聞きなされ」

「念ずれば通ずる。……いや独り言です」

「江戸で三千五百石取りの大身旗本、秋山勢右衛門どのに、なぜか気に入られてな。お屋敷で軍鶏の味見」

「稽古試合ですな」

「そう、それを見せてもらった。大軍鶏の雄鶏は二貫（約七・五キロ）にもなるが、鶏合わせに飼っておるのは、一貫か一貫五百匁」

「おおきなほうが有利なわけではないのですか」

「動きが鈍る」

「なるほど」

「そいつは一貫あるかないかの、軍鶏にはめずらしい白が半分近くを占める羽色で」

「強かったのでござるな」

「強いなどというものではない、一撃で倒してしまう」

「…………」

「敵の攻めの勢いを利用して返すために、倍の力となって相手に跳ね返る。だから一撃で倒せる。それが要諦《ようてい》だ。それ以上は語る意味もありますまい」

「うーん」と、武尾は腕を組むと天を見あげた。「それにしても無念でござる」

「しかし、なぜにそこまで執心なさるのだ」

「武芸の者として口惜しい」

正直な男だな、と源太夫は武尾福太郎に改めて好感を抱いた。

「いずれの流派でござるか」

「中西《なかにし》派の流れを汲む一刀流」

江戸は下谷《したや》の練塀《ねりべい》小路に、江戸第一と謳《うた》われた道場を構えたのが中西派で、小野派一刀流から分かれている。もちろん、中西派の弟子筋ということだけでは力の程度はわからない。

「当道場もおなじ流れを汲んでおるので好都合だ。ここで教えながら、軍鶏の闘いぶりをご覧になられて、技を編み出されるがよかろう」

「ほかに方策はござらんか。ただ……」

「ただ?」

「いや、なんでもござらん。では、そういうことでおねがいいたす」

その日から道場で教えることになったが、武尾は正統な楷書《かいしょ》の技の持ち主であった。基本を習得してから応用に臨むのが技の伝達だとすると、その基本がいい加減では、草書はおろか、行書に進むことすらできない。それをおろそかにすると、技が崩れてしまうのである。

よき指導者を得ることができたと思うと同時に、相当の使い手だなと改めて感じたのである。しかし武芸者として、剣法の真理を見極めることのみしか考えていないということは、けっこうやっかいな存在であった。

避けられぬかな、と源太夫はいささか憂鬱《ゆううつ》な気分にとらわれた。

その予感は早くも翌朝現われた。朝食後に茶を飲んでいるとき、武尾が言ったのである。

「遺恨《いこん》があるわけではないが、真剣による果たし合いを申しこむ」

「ことわる」

「ことわる？　なぜに」

「武尾どのには昨日より、当道場において弟子どもを教えていただいておる。とすれば、当然、道場訓はご承知でござろう」相手が答えぬので源太夫は続けた。「その十三条にはこうある。私闘に走りし者は理由の如何《いかん》に拘《かかわ》らず破門に処す」

「たしかに」

「弟子にそれだけの厳しさを求めながら、師たる者がそれを破るはもってのほか」

「逃げられるか」

「ご随意に」

「怖気づいて逃げたと吹聴しますぞ」

「だからご随意に」

「岩倉道場の名は一気に失墜し申す」

「いや、それはない」

「たいした自信でござるな」

「好きになさるがいい」

武尾福太郎は目を閉じると、永い時間、塑像のように動かなかった。

それから、胡坐《あぐら》を組んだまま、突然に上体を、音を立てて背後に倒した。

「完敗、武尾福太郎、生涯初の完敗でござる」

あるいはこの男も、死に場所を求めているのかも知れん、と源太夫はふと思った。奥深いところで、秋山精十郎や立川彦蔵に通ずるなにかが感じられたのである。

「梟の小父さん」

突然、甲高い声とともに、市蔵が駆けこんできた。そして武尾の腕を取ると、懸命に引きあげながら言った。

「お魚、釣りに行こうよ」

「いや、それはできぬ。小父さんには道場の仕事があるでな」

「かまいませぬぞ。気晴らしに釣りもよろしかろう。秋風に吹かれてはいかがか」

「頭を冷やせとのことですか。なるほど、ごもっとも」

武尾はごく自然に上体を起こしたが、胡坐を組んだまま背後に倒した体を、腕に勢いをつけてその反動を利用するなどせずにそのままもとにもどすのは、よほど体を鍛えておらぬかぎりできるものではない。

「では、お言葉に甘えて」

軽く一礼すると、武尾は市蔵に引かれて去った。

五

イカズチと呼んでいたな、と不意に源太夫は思い出したのである。秋山勢右衛門が飼っていた、白い羽毛の多い軍鶏の名であった。イカズチは雷のことだろう。たしかに、雷とか稲妻としか呼びようのない、電撃的な破壊力を持った名鶏であった。

若き日の源太夫は、秋山家の庭でおこなわれる鶏合わせで、二年ほどのあいだにイカズチの勝負を五度見ている。敵手が替わっても、五度ともイカズチの闘い方は絵に描いたようにおなじであった。もちろん同一の軍鶏と再度闘うことはなかったので、二度目にもおなじ技を用いるかどうかはわからなかったが。

軍鶏はすべからく、最初の蹴合わせで敵手を圧倒しようと、すこしでも高く跳びあがり、高い位置から攻撃をしかける。後脚の指をいっぱいに開き、鋭い爪で顔面をねらうので、敵手よりも上にいると有利であり、さらには弱点を見抜くこともできるからであろう。

頸と嘴を突き出し、爪をまえにして後脚を伸ばすので、横から見ると仮名の「く」の字に見えた。源太夫が見た勝負では、すべての軍鶏が必ずその戦法を用いた。

ところがイカズチだけはちがい、同時に跳びあがると見せて敵の裏をかく。目いっぱい跳躍せずに、その振りをするだけで、ちょんと跳ねてすぐに着地し、むしろ身を屈めるのである。眼前に敵がいないため、爪による攻撃が空振りに終わった相手が着地する瞬間に、イカズチは可能なかぎり高く跳びあがるのであった。狼狽した敵があわてて跳ねるときには、はるか頭上にいる。そこに勢いをつけた相手が跳びあがってくるので、イカズチは一貫（約三・七五キロ）の体重を利用して落下しながら、敵手の頭の、人で言えば側頭部に蹴爪を叩きつけるのであった。

自分の体重と相手の跳躍の勢いにより、倍の力の攻撃を加えることになる。敵はひとたまりもない。転倒して体勢を立て直せないうちに、イカズチの第二の攻撃を受けることになり、となると躱《かわ》すことはできないのである。あるいは衝撃で気を失い、蹴爪がまともに側頭部を直撃すれば死ぬこともあった。まさに蹴殺しである。

しかし、一つまちがえば命取りになりかねない、危険極まりない闘法とも言えた。よほどの自信がなければ使えない技である。

源太夫がイカズチの闘いを見たのは、すでに成鶏となってからであった。そのためどの時点で、のちに源太夫が蹴殺しと名付けることになった技をイカズチが会得したのかはわからない。まさか若鶏の折の、最初の鶏合わせから用いたとも思えないが、案外早い時期に、本能的に身に付けたのではないかと思っている。

「父上、では行ってまいります」

ぼんやりと思い出していた源太夫は、市蔵の声でわれに返った。年が明ければ五歳になる市蔵は、源太夫とみつが厳格に躾《しつ》けたせいもあって、四歳とは思えぬほどしっかりしていた。

「気をつけてな。それから、武尾どのに迷惑をかけるでないぞ」

「はい」

元気よく答えた市蔵は、庭をまわって駆けて行ったが、しばらくすると勝手口のほうで「母上、行ってまいります」との声がした。

「はい、お弁当。武尾どのに迷惑をかけるのではありませんよ」

「はい」

と、やはり子供らしい返辞があった。しばらくすると、軍鶏の小舎の辺りで声がした。

「権助、では行ってまいる」

「お気をつけて。それから、武尾どのに迷惑をかけるのではありませんぞ」

「みんなおなじことを言う」

源太夫は頬を膨らませた市蔵の顔を、容易に思い浮かべることができた。おそらく口を尖らせているはずである。権助には、ほかの大人に対するのとは明らかに対応がちがった。

「梟の小父さん、お待たせいたしました」

こまっしゃくれた声が聞こえ、それから急に静かになった。

源太夫はぼんやりと外を見ていたが、その実なにも見てはいなかった。あれこれと、とりとめもない思いが心を去来する。

旗本秋山勢右衛門の屋敷で、何羽の軍鶏を見たことだろう。そして、何組の鶏合わせを見ただろうか。あらためてそう思っても、あの白い羽毛の軍鶏以外は一羽も思いだせなかった。それはむりもないことかもしれない、すでに二十年近い歳月が流れているのだ。

道場に出る気になれない源太夫は、権助に竹之内数馬と東野才二郎を呼ぶように命じ、やって来た二人に稽古の段取りを指示した。最近は力量のある者に指導を任せることがあるので、要点を確認すると二人の弟子は一礼して道場にもどった。

自分が鍛えた軍鶏たちの記憶はもちろんあるが、政宗にしても勢右衛門のあの白い軍鶏ほど鮮烈ではなかった。あらゆる点で別格であり、あの軍鶏にめぐり合わねば、おそらく蹴殺しは生まれなかっただろう。

源太夫は表の間の畳の上に、大の字になって目を閉じた。瞼《まぶた》の裏に、白い羽毛の軍鶏の闘いぶりがよみがえった。肩透かしを喰らわせたときの敵手の狼狽が、あざやかに目に焼き付いている。相手の裏をかいて、ちょんと跳んだだけで身を屈め、敵が落下する頃合を見計らって、可能なかぎり高く跳躍するのである。

まさに瞬きするほどのわずかな時間で、最初に見たときには、源太夫はなにが起こったのかまるでわからなかった。二度目に、間をずらせるのがわかった。いや、完全にわかったわけではない。なんとなく感じたのだ。

そして五度目になって、ようやく見極めることができたのである。

源太夫の瞼の裏で、白い羽毛の軍鶏は繰り返し跳んだ。そしていつしか秋山精十郎の姿が、軍鶏に重なった。白い軍鶏が跳び、精十郎が跳ぶ。繰り返し跳ぶその動きは、舞踊のように美しい。流れるようであり、いっさいのむだがなかった。軍鶏と精十郎は飽きることなく、無音の舞を舞う。

蹴殺し。それは源太夫の脳裡で、次第に形を整えていった。白い軍鶏の五度目の鶏合わせを見たときに、その技はかれの内で一気に結実した。それまで闘ったなかで最強だろうと勢右衛門が断言した敵手を、白い軍鶏は一瞬にして倒したのである。倒しただけではない。蹴殺したのだ。

間をずらす、敵の力を利用する、一撃で倒す。

源太夫は蹴殺しの閃きを得た。

当然ながら簡単に身につく技ではない。源太夫は親友の精十郎にたのみ、力になってもらった。二人は汗にまみれながら、黙々と工夫を重ねた。

「できた!」と精十郎が叫び、「まだまだ」と源太夫が返す。そんな遣り取りが何度あったことだろう。

そしてついに、精十郎の「できた!」に源太夫が「できた!」と応えたのである。

二人は同時に道場の床に大の字になった。並んで寝ころがったまま、かれらは顔を見あわせ、声に出さずにいつまでも笑い続けた。

顔からも体からも汗がしたたり落ち、そして着物からは湯気が立ち昇っていた。

連日の睡眠不足が祟《たた》ったらしく、源太夫はいつの間にか眠りにおちていた。夢うつつのうちに、息子修一郎の嫁、布佐の声を聞いたような気がした。布佐がみつに萩餅を届けに来たようである。あいさつをしなければという布佐に、お休みのようですから伝えておきますよ、とみつが答えたようだが、はっきりした記憶ではない。

蹴殺しを使うことになるのだろうか、との思いが、心の奥深いところを横切ったような気がした。

六

源太夫は庭下駄を突っかけて軍鶏の小舎を見まわった。唐丸籠は片づけられて、軍鶏たちはそれぞれの区画に納まっていた。

「おまえさま、市蔵がもどりません」

あざやかだった夕焼雲が次第に色褪せ始めたころ、やって来たみつが源太夫にそう告げた。

「武尾どのがいっしょなら、案ずることはない」

「権助の話によりますと、早瀬での流し釣りは、日暮れの四半刻が一番釣れるそうですが、武尾どのは淵で釣っているとのことで、もしやと思うと」

「豊漁で、ときの経つのを忘れたのであろう」

「念のために、あの方のお部屋を覗いたところ」

「道場には出入りせぬよう申したであろう。しかも客人の居室を覗くなど、もってのほかだ」

「はい。申し訳ありません」と詫びてからみつは続けた。「ただ心配のあまり、つい気になりまして。すると、お貸ししました着物が、ていねいにたたまれて」

着の身着のままの武尾に源太夫の着物を貸して、そのあいだにみつは算盤縞のようなかれの衣類を洗い張りしたのであった。しかも、旅の折に身の周りの品を入れて斜めに背負う、背負網《しょいあみ》も消えていたという。武尾はもどる気がないのだ。

それはともかく、市蔵はどうなったのであろうか。みつがうろたえるのもむりはない。

「大旦那さま」権助が足早にやって来た。「武尾どのがお話があると」

「市蔵もいっしょですか」

みつの声に、忠実な下男はちいさく首を振った。

「表座敷にお通ししろ」

権助は黙ってうなずくと、来たときとおなじように足早に姿を消した。

「茶はいらぬ。だれも入れぬように」強張った顔のみつに、源太夫はおだやかな声で言った。「案ずるでない。浪人はしておっても、あの男は武士だ」


「で、刻限と場所は」

武尾が大刀を体の右側に置いて坐るなり、源太夫は静かに訊いた。

その言葉がよほど意外だったのだろう、武尾は目をまんまるに見開き、思わずとい
うふうに笑みを漏らした。

「すっかりお世話になりながら、このような仕儀になり」

源太夫は開いた右手を相手に向けて突き出し、厳しく制した。

「あいさつ、弁解、能書きはいっさい無用。子供を人質にしてまで知りたいとのこと
であれば、受けざるを得ん。まず訊きたいのは市蔵のことだ」

「勝敗が決すれば、勝ち負けの如何にかかわらずお返しする。みどもが敗れし場合

も、五ツ（午前八時）にはこちらにお連れする手筈になっており申す」

「場所と時刻は」

「七ツ半（午前五時）、沈鐘ヶ淵を臨む砂地」

一瞬、意外な思いにとらわれたが、もちろん顔には出さない。

「承知」

源太夫はそう言うと、腕を組んで目を閉じた。その姿に一礼すると、武尾は襖《ふすま》を開けて表座敷を出た。

玄関で低い声がしたのは、権助があいさつし、門まで見送ったのであるらしい。

「七ツ半、か」

もうすこし早い時刻を指定してくると、源太夫は考えていたのである。あの男もやはり、死に場所を求めてやってきたのだ。それはほぼ確信に近いものであった。

「みつ」

呼ぶと居間のほうで「はい」と答える声がし、畳の上をすばやく動く気配があって、すぐにみつが襖を開けた。声をかけられるのを待ちかねていたのだろう、正座したみつは蒼ざめた顔で源太夫を見たが、怪訝な色が表情を横切った。夫の顔があまりにもおだやかなのに、戸惑ったのかもしれない。

「市蔵はぶじだ。安心しろ、明朝五ツにはもどる。飯のしたくをしてくれ」

「は、はい」

気圧《けお》されたのか、みつはいくらか首を傾げながら、無言のまま部屋を出た。

ややあって、縁側の障子の向こうに人の気配がした。

「はいれ、権助」

「ヘッ」

神妙な顔で下男は部屋に入ると、障子を閉めてその場所に正座した。

「遠慮するな、近《ちこ》う寄れ」

言われて権助は、膝行《しっこう》でわずかににじり寄った。

「心配せずとも、市蔵は五ツにはもどる。それから明朝、武尾どのと立ち合うことになったが、提灯《ちょうちん》持ちは不要だ。おまえは来ずともよい」

「ですが」

「権助には大事な役がある」

「なんなりとお申し付けを」

「一筆認《したた》めておくので、五ツまでにもどらねば、修一郎とともに中老の芦原どのに届けてもらいたいのだ」

「大旦那さま、武尾どのはやはり」

「市蔵を人質に取りおった。武芸一辺倒の男には困ったものだ」

「おねがいでございます。思いとどまっていただけませぬか」

「なにを申すのだ。倅の命がかかっておるのだぞ」

「たしかにそのとおりではございますが、ようくお考えください。血のつながりは、ないのでございます」

「権助、おまえにはもうすこし智恵があると思うておったが」

「いえ、大旦那さま。これも智恵でございます」

「智恵は智恵でも浅智恵というものだ」

「長幼《ちょうよう》の序《じょ》というものが、あるそうでございますね」

「難しい言葉を知っておるな」

「幸司さまはまだ一歳ですが、十年、十五年が経ってごらんなさいませ。血のつながりのない、三歳ちがいの兄が常に上にいるのでございます」

「よいか権助、息子の命というものがかかっておるのだぞ」

「存じております」

「わしが行かねば、市蔵を殺すと申しておるのだ。それにあの男は芯棒が狂っておる。応じなければ、今度は幸司や佐吉をねらうだろう」

佐吉は修一郎の長男、つまり岩倉家の跡継ぎである。

「はい、そこで応じなさいませ。大義も立ちますし、道場訓にも背きません」

源太夫は啞然とした。忠実な下男の本心を、そのときになってようやく知ったからである。権助は血のつながりのない形だけの長男市蔵を、気のふれた武尾に始末させようというのだ。

そのあとで果たし合いに応じれば、長男を殺した男に立ち向かうという大義が立つ。それればかりではない。私闘に走った者は理由の如何にかかわらず破門するという道場訓を、師である源太夫が破る正当な理由ともなるのである。

権助は市蔵と幸司がともに成人すれば必ずや悶着が起きる、禍根《かこん》を残さぬよう、これをよい機会にその根を断つべきだと、あるじ一家の将来を心配しているのである。

「浅智恵よなあ」

「さようでございましょうか。奥方さまにしましても」

「なに、みつがそのようなことを申したのか」

「いえ、そのようなことは口にはなさいません。傍《はた》から見ておりましても感心するほど、分け隔てなくお育てです。道場のお弟子さんが幸司若さまをひいきになさると、たしなめておいでです。ただ、口にはなさいませんが、心の内ではかならずや」

「もうよい、権助」

みつの声がして、襖が開けられた。普段のみつからは考えられないほど、険しい顔つきである。

「それは下衆《げす》の勘繰りと申すもの。それに、おまえも武家の奉公人なら、たとえ心に思うてもそのようなことは決して口にすべきではありませぬ」言葉こそ厳しいが、その語り口はやわらかで、むしろ哀しげであった。「武家とはそういうものではない。それでは武士の一分が立たぬ。ここで市蔵を見捨てたら、旦那さまが世間の笑い者になるのがわからぬおまえではあるまいに」

みつにそう言われると、権助はすごすごと引きさがるしかなかった。

七

八ツ半（午前三時）に起床した源太夫は、うがい手水《ちょうず》で身を浄《きよ》めると新しい下帯を身につけた。

晴れていたら雲母《きらら》を撒いたように満天に星が輝いているだろうが、ところどころに薄い雲が出ている。外に出ると提灯を提げた権助が待っていた。

「供はせずともよい。提灯も不要だ」

「ですが、この闇では」

「心配はいらん。いいから消せ。それより、たのんだことを忘れぬように」

「はあ」

権助は戸惑いがちに中途半端な返辞をすると、提灯を縮めて蠟燭《ろうそく》を吹き消した。一瞬にして闇となった。

源太夫は目を閉じ、数瞬おいて目を開けると、みつを見、権助を見、再びみつを見た。

「行ってまいる。案ずるな」

瓜実《うりざね》型をしたみつの顔の輪郭が、闇の中でわずかにうなずくのがわかった。

道場の軒下に立つ武尾の姿を認めてからというもの、源太夫は毎夜、一刻ばかり、闇に眼を凝らし続けたのである。

最初は底のない漆黒の闇としか感じられなかったが、日が経つにつれて、闇の中に遠くの山の端の輪郭や道場の屋根、樹や岩などが、おぼろげなかたちを見せるようになった。今では、武尾と同等とは言わないものの、かなり見分けられるようになっている。

源太夫は天を仰いだ。雲は空の全体を覆っているわけではないので、天の川の一部は見えたし、薄い雲も天空の星の光を受けてか、かすかに明るかった。

やはり夜ごとの鍛錬は、むだではなかったのだ。みつと権助に背を向けた源太夫は、妻と下男が驚くほどの速さで闇に姿を消した。

常夜灯の辻で真南に道を取ると、源太夫は堤防への道を急いだ。四半刻ほどで堤防に突き当たり、そこからは左に折れて堤防への坂道を登るのである。

堤防の上の道に出てしばらく歩き、源太夫が沈鐘ヶ淵への斜面をおりて行くと、やがて水の匂いがし始めた。水の匂いといっても、早瀬の岩や石ころの表面をびっしりと被った水苔の匂いだろう。

草むらを抜けると石ばかりの河原が拡がり、その向こうに早瀬が見えた。流れ下る水が白く見えるが、瀬の先にあるのが沈鐘ヶ淵である。その辺りは岩場も水面も暗い。

目を転じると、岸の砂地の石に腰をおろした武尾の姿が見えた。

「待たせたかな」

距離があるので、源太夫はおおきな声で訊いた。

「いや」

短く返辞して、武尾はゆっくりと立ちあがったが、源太夫が先に声をかけたことに驚いたはずだ。それがかれのねらいであった。

源太夫はゆっくりと、だがたしかな足の運びで一直線に武尾に向かって歩いて行った。足元が石ころから小石混じりの砂利、さらに砂に変わるにつれて、音が変化してゆく。

三間（約五・四メートル）の距離で、源太夫はぴたりと立ち止まった。

「坐られよ」

武尾が源太夫のすぐ傍《そば》の、手頃な石を指し示した。

「よいのか、それで」相手が答えぬので、源太夫は続けた。「明るくなっては、闇の剣が意味をなさぬであろう」

「さすがは岩倉どの。たしかに真の闇では無敵、されど、闇だけの剣ではない。それを示したい」

「名をうかがおう」

「梟の目」

なるほど、と源太夫は得心した。武尾福太郎ならではの秘剣ではないか。

「白々明けだな。そろそろ始めるか」と源太夫が言った。「明るくなると、それだけおぬしの分が悪くなる」

「気が変わり申した」武尾がかすかに笑った。闇の中でも歯の白いのがわかった。

「真の闇ではおぬしには負けぬが、それでは蹴殺しが見えぬ。敵手を倒しても、繰り出した技を見なくては意味がない」

「それが命取りとなろう」

「そう軽く見られてはこまる」

「おぬしが梟の目を明かしてくれたので、みどもも明かすが、蹴殺しは一つではない。相手の力を利用して倍にして返し、ただ一撃で敵手を倒す。それが蹴殺しだ」

夜は急速に明けてゆく。東の山の端が黒から深い菫《すみれ》色、濃紺、碧と色を変え、中天から西にかけて明度を増してゆく。

淵で、鯉であろうか、大跳ねをして空中に抜け、弓なりのまま落下して、おおきな水飛沫《しぶき》と音を立てた。

「どちらにとっても、有利不利のない刻限となった」

「では」

源太夫に武尾が短く答え、二人は立ちあがると向き合った。

源太夫は江戸で、居合術の田宮道場においてある技を習得していた。それが、もう一つの蹴殺しである。その日、かれが佩《は》いたのは通常よりも柄が二寸（約六センチ）長い長柄刀《ながつかとう》であった。

梟の目をもった武尾も、腰に差した刀の柄の長さまでは見抜けないはずである。柄が二寸長いと刀全体の長さで勝る。敵との間合いが二寸近くなるため、剣先が早く相手に届く。その分、相手は攻撃が仕掛けにくくなる。わずか二寸の差が、倍にも三倍にもなって効力を発揮するのである。

二寸の長さを活かすためには柄頭《つかがしら》、つまり鍔からもっとも遠い部分を、それも片腕で握って戦うことになる。当然だが、刀身の重みに耐えられるだけでなく、自在に操ることができなければ長柄刀を使う意味はない。いや、使いきれないのだ。

敵手に向かって突進すると同時に刀を抜き、肩の高さで真っすぐに伸ばした腕が、やはり水平となった刀身の柄頭を握り、最短距離で敵の喉仏を狙う。そのように用いてこそ、長柄刀は威力を発揮するのである。

一気の突進に対しては、よほどの力量差がないかぎり、自分もおなじか、相手を上まわる勢いで突進するしかない。避けようとすれば体勢が崩れ、相手の思う壺となるため、刀身が触れる瞬間に撥ねのけて、次の攻撃に移るしか方法がないのである。

阿吽《あうん》の呼吸で火蓋《ひぶた》は切って落とされた。源太夫は地を蹴って武尾に突進しながら大刀を抜き、伸ばしきった右手一本で突き進んだ。武尾も源太夫と同じように、腕と刀を水平にしたまま真っ向から突撃してきた。刀身が一瞬触れはしたが、武尾は撥ねのけることなくそのまま突き進んだ。源太夫が予測したとおりである。腕が立つ武芸者ほどその闘い方を選ぶ。むしろ、選ばざるを得ないのである。

「ぐぎッ」と耳障りな音と同時に、確かな、いや、確かすぎる手ごたえが右腕を通じて全身に響きわたった。源太夫の太刀が武尾の喉仏を貫いたのである。その瞬間、全体重をのせて突進してきた武尾の体が、前でも横でもなく、突き飛ばされたかのごとく、背後に音を立てて倒れた。それほど、源太夫の勢いが圧倒したのだ。

武尾の刃の切っ先は、かろうじて源太夫の顎を浅く斬っていた。源太夫の剣は突撃せざるを得ない武尾の力を利用し、たった一撃で、一瞬にして相手を倒したのである。

はたして武尾は、源太夫が実戦で初めて用いた蹴殺しの技を、その目で見たであろうか。しかしそれをたしかめるすべはない。すでに絶命していたからだ。

源太夫は懐紙で刀身を拭うと、隠しとどめとしてそれを武尾の胸元に入れた。

「おもどりになられました」

門から駆けこみながら叫ぶ権助の声に、みつは家から転がるように走り出た。

みつが門先に立ち、斜めうしろに権助がひかえたとき、源太夫はすでに一町（百メートル強）にまで近づいていた。普段と変わることのない夫の歩みに、みつは安堵《あんど》すると同時に胸が熱くなった。

奇妙な音がするので振り返ると、顔をくしゃくしゃにした権助が、懸命に泣くのを堪えて喉と鼻を鳴らしていた。

「ん？」

みつにちいさくうなずいて門を入ろうとした源太夫が立ち止まり、ゆっくりと首をまわして権助を見た。

「めずらしいことがあるものだ。雪でも降らねばいいが」

「いかがいたしましたか」

「権助が泣いておるぞ」

言われた下男は、おいおいと声をあげて泣き始めた。

「届ける」

「はい」

止むを得ぬ理由があるとはいえ、私闘で相手を殺害したのである。ただちに藩庁に届けねばならないが、まだ明け六ツ（六時）のすこしまえであった。源太夫は、西の丸に近い目付岡本真一郎の役宅に届けることにした。

屋内に入り、みつが着替えを用意するあいだに、源太夫は寝部屋を覗いて、幸司のやすらかな寝顔を見た。並べて延べられた蒲団に、市蔵の姿はない。おそらくみつは、一睡もしていないにちがいなかった。

居室にもどるとみつが着替えの世話をし、終わると懐紙を差し出した。

「顎に」

うなずいて拭ったが、すでに血は乾いていたようで、赤い線がわずかについただけである。それも一寸にも足らぬ短いものであった。

「市蔵はもどる。心配するな」

「はい」

外に出ると、庭石に腰をおろしていた権助が、弾けたように立ちあがった。右手には手拭いを握ったままで、忠実な下男はまだ泣いていたのである。

八

常夜灯の辻で折れて、南への道を進む男女の二人連れ。男の背には子供が背負われているが、夫婦ではない。みつと権助、そして背中の子供は市蔵である。

前日の五ツ（午前八時）、待ち受けるみつと権助のところに、三十歳まえと思える女が市蔵を連れて来たのだった。

みつに気づいた市蔵は、女の手を振りほどいて駆けて来た。

「母上！」

抱きとめたみつはすばやく市蔵の体を検《あらた》め、ぶじなのがわかって、改めて抱きしめたのであった。繰り返し市蔵の頭を撫で、頰を撫で、体中を撫でまわしてわれに返ったとき、すでに女の姿はなかった。

いつもは冷静な権助も、ただうれし泣きするばかりで、女が去ったことには気づかなかったのである。

もしやと思って市蔵に訊くと、家を知っていると言うので、菓子折りを手にお礼に向かうことになった。菓子にしたのは、市蔵とおなじ年頃の男の子がいるとわかったからである。亭主らしい男の姿は見かけなかったとのことなので、寡婦だろうとの見当はついていた。

まっすぐに南へ進み、堤防に突き当たると、斜めに坂道をのぼって堤防の上の道に出、東に進んで高橋を渡る。武尾と市蔵が釣りをしたのは、橋の下流にある魚影の濃いうそヶ淵であった。

市蔵が泊めてもらったのは、堤防の内側の城下ではない。橋を渡り般若《はんにゃ》峠に向かう、農家の点在する地域であった。

曲がりくねり、起伏のある道を進む。進路をしめすのは、権助に背負われた市蔵であった。権助の頬の横から細い腕を突き出して、右、左、直進などを示すのだが、やがて一軒の農家を指さした。籔かげになったその家は、うそヶ淵からは近かった。道の選びようによっては、人に見られることなく訪れることができるだろう。

「小母《おば》さん！」

顔を出した女を見るなり、市蔵は声をあげ、権助の背から地面に飛び降りると走り寄った。女は市蔵に笑顔を向けたが、みつと権助の訪問に戸惑ったらしく、突っ立ったままである。

「こたびは市蔵がお世話になりながら、昨日はお礼も申さぬままで、たいへんに失礼いたしました」

「あ、いえ」口の中でもぐもぐ言ってから、女は髪を包んでいた手拭いを取ると、早口でつづけた。「立ち話もなんやけん、あがってつかはるで。着物が汚れるか知れんけんど」

突然の武士の妻女の訪問に、女はすっかりうろたえていた。身分がちがう者同士が顔をあわせることはおろか、面と向かって話すことなどは、通常ではありえないのだからむりもない。

女は下膨れした顔で、美人とは言えなかったが愛嬌《あいきよう》があった。やや大柄で、ふっくらとしている。

屋内に入ると広い土間があり、踏み板からあがると四畳ほどの板の間で、その向こうが六畳の表座敷であった。表座敷とはいうものの、畳はすっかり茶色くなり、毛羽《けば》立っている。家具らしいものもなく、片付いているというよりも、どちらかというと殺風景であった。

みつと市蔵は座敷にあがったが、権助は踏み板に腰をおろしてひかえた。

みつは構わないようにと言ったが、女は茶の用意をすると言い残して姿を消した。おそらくは心を鎮めたかったからだろう。しばらくしてもどると、湯が沸くまでしばらく待ってもらいたいと、土地の言葉で伝えた。

みつは改めて礼を述べ、お子さんがおられるとのことなのでと、菓子折りを滑らせた。女は恐縮して何度も頭をさげ、はっきりしない言葉で礼を言った。

市蔵を預かってもらい、送り届けてくれたことへの謝礼を、女は頑《かたく》なに固辞した。しかし、長い押し問答の末に、みつはなんとか受け取ってもらったのである。

「ところで、武尾どののお住まいとか、ご家族のことをご存じでしたらお教えねがいたいのですが」

「ぶお……どの」と首を傾げてから、やっと思い至ったらしい。「ああ、福太郎はんのことで。いや、うちは、浪人さんゆうことと、岩倉さんの道場でお世話になっとることしか知りまへん」

「さようでしたか」

前日、源太夫は武尾との一件を書類にし、西の丸に近い目付岡本真一郎の役宅に届け出た。武尾との果たし合いからもどったのが、明け六ツ近くで、家を出たのが六ツ半であった。市蔵がもどるはずの五ツまで待ちたかったが、届け出を延ばすわけにはいかない。死骸もそのままにしてあったからだ。

眼を通した岡本は役目の者に命じて、武尾が源太夫の道場に姿を見せた日から数日まえまでの、園瀬城下だけでなく周辺も含めて、旅籠や木賃宿を調べさせた。武尾福太郎が偽名を名乗っている可能性もあるので、年齢、人相、風体、また枕探しの害に遭った者の有無など、該当者を探索させたのである。

同時に岡本は、死骸を正願寺に運ばせた。

源太夫に関しては、武尾の寝食の面倒を見たことと、真剣勝負を挑まれたが拒絶し、わが子を人質にとられて止むを得ず刃を交えたことから、なんの落ち度もない。

「それにしても、とんだ災難でござったな」

「蹴殺しなどという、ありもしない秘剣とやらが独り歩きして、おなじような輩《やから》が勝負を挑まんとして現われぬともかぎらない。やっかいなことでござる」

役目の者たちは手分けして調べたが、予想していたとおり、宿泊者にそれらしき者を見つけることはできなかった。やはり武尾は、源太夫の蹴殺しと対決するためだけに接近したのである。

武尾の遺骸は源太夫が正願寺の住持に経を読んでもらい、埋葬の費用も納めたが、そこで思い出したのが、市蔵を送り届けてくれた女であった。お礼も言わなくてはならないし、なにか手がかりを知っているかもしれない。市蔵に女の家がわかるかと訊いたところ、こっくりとうなずいたのである。

あるいはと思ってみつはやって来たが、残念ながら手がかりは得られなかった。

ばたばたばたと、子供のものらしい足音がしたのはそのときであった。

「市っちゃん、来たん！」

声と同時に障子の破れ穴から悪戯《いたずら》っぽい目が中を覗き、すぐに見えなくなると、足音は出入口にまわって土間に飛びこんできた。

顔も着物も汚れきった、市蔵とおなじ年頃の少年で、眼がきらきらと輝いている。

「柿の実採る？　栗の実拾いに行く？」

「亀《かめ》、騒いだらいかん、お客さんに失礼じゃ」

みつは市蔵の腕を摑んだまま、ちいさく口を開けていた。それに気づいて怪訝な顔をした女に、

「武尾どのが市蔵を連れて来たのは、昨日が初めてではなかったのですね」

女がうなずくと、みつは市蔵の腕を強く引き寄せた。

「そんな大事なことを、なぜ黙っていたのです。お世話になったならば、お礼を述べるのが人というものです。日頃、あれだけ言っておるのに、なぜ守れない。母は恥をかいてしまいました」

「あ、子供を責めたらいかんでわ。それは男と男の約束で」

事情を聞いてわかったのだが、武尾がこの家に市蔵を背負って現われたのは、かなり以前からであったと言う。

道場に寝泊まりするようになった武尾は、花房川に釣りに出かけるようになってほどなく、どのようなきっかけがあったかはわからないが、この寡婦と親しくなったらしい。子供の亀吉《かめきち》も、すぐに武尾に馴染んだとのことである。

昼はこの家で茶をもらい、握り飯を亀吉と食べるのをたのしみにしていたという。みつはいつも多目に作ってやったが、それが思いもしないところで役に立ったのである。

武尾と亀吉はいっしょに釣りに興じ、淵で水切りをして遊んだ。丸くて平らな石を水面すれすれに滑らせて、何回水を切るかを競う遊びである。それでも毎日、魚籠が重くなるくらいの釣果があったのだから、釣りの腕もよかったのだろう。

もっとも武尾は、亀吉相手の遊びと釣りだけをしていたわけではない。毎日、一刻あまり、手造りの木刀での素振りや、真剣での型を繰り返していたという。

「それはもう、別のお人のような、ものごっついお顔で」

「それで、男と男の約束というのは」

「市蔵さ……若さまをお連れになられて、初めてこの家《や》においでになったときに」

女はかなり緊張しながら土地の訛《なまり》で喋ったが、みつはおおよその意味を汲み取ることができた。女に言われて日にちを数えてみると、市蔵が釣りにつき従うことになったその日に、武尾はこの百姓家に市蔵を連れて来たらしい。

武尾はいつになく真剣な顔で、市蔵を正座させると、自分も正座して話しかけたのである。

「ここに来ていることは、梟の小父さんと市蔵の、二人だけの秘密だ。だからだれにも話してはならん。いいな、男と男の約束だぞ」市蔵がこっくりとうなずくと、武尾は満足そうに笑った。「よし、約束の指切りをしよう」

武尾と市蔵は真剣な表情で指切りをした。

「市蔵は男と男の約束を守ったのですね」

「はい」

市蔵は胸を張ってはっきりと答えた。

「母はほめてあげます。市蔵は立派な、一人前の男、侍の子ですよ」

「市っちゃん!」と亀吉が、じれたのか土間で足踏みをしながら呼んだ。「なんぞして遊ぼ」

「亀!」と女が叱りつけた。「今日は大事なお話で見えとんじゃ。あっち行って、一人で遊びな」

「母上、梟の小父さんは」

不意に市蔵に訊かれ、みつは思わず女と顔を見あわせ、それから言った。

「急なご用ができたので、お国に帰られたのですよ。市蔵は眠っていたので、よろしく伝えてくれと申しておりました」

思わず嘘をついてしまった。いつか本当のことを話さなければならないが、今はおそらく武尾の死を理解できないで混乱するだけだろう、みつはそう判断したのであった。

「思わぬ長居をしてしまいました」

「湯ぅ沸いた、思います。いま、お茶を淹れますけん」

「どうかお構いくださいますな」

みつは市蔵の手を取って立ちあがると、板に腰をおろした権助に目顔で合図した。

権助はうなずくと背を向けて、両手を尻の上で組んだ。

「市蔵は一人で歩けます」

それを聞いた権助は、顔をくしゃくしゃにしてうれしくてならぬというふうに笑った。

屋外に出ると、母子に向かって三人は深々と頭をさげた。女は亀吉が走りださぬようにだろう、両手で肩を強く摑んでいた。

「市っちゃん、また遊ぼな」

亀吉が叫ぶと市蔵は振り返った。

「うん、遊ぼ」

「約束したけんな」

思わずみつは天を仰いだ。

「うん、約束」

「男と男の約束やけんな」

みつは顔を曇らせた。武尾との約束を破らなかったことを、ほめたばかりである。ほめられてうれしくなった市蔵は、必ずや約束を守ろうとするだろう。身分と住む世界がちがうことなど、今の市蔵にわかるわけがないのである。

しばらく歩いて振り返ったが、母子は庭先に立ってしきりと手を振っている。みつはわずかに腰をかがめて頭をさげた。

家が見えなくなってから五町ほど歩くと、市蔵が権助の名を呼んだ。見ると両腕を差し出して、手首から先をすこし丸めている。

権助はそれを見ると、先ほどよりもさらにうれしそうな顔になり、しゃがみこんで尻の辺りで掌を上に手を組んだ。そこに市蔵が倒れこむと、権助はゆっくりと立ってゆすりあげた。

みつから経緯を聞いた源太夫は、市蔵と幸司をみつに預け、権助だけを連れて正願寺に向かった。すでに下人が墓穴を掘り終えていたので、住持に経をあげてもらい、無縁仏として武尾を埋葬してもらった。

線香の煙の中で、源太夫は長い時間両手をあわせた。できることなら、武尾の遺骸とともに蹴殺しも葬ってしまいたかった。

背後では、権助がおなじように手をあわせている。ゆっくりと振り返ると、忠実な下男と目があった。

「いいお人でございましたな、あれさえなければ」と権助が言った。「それにしても、武芸者の気持というものは、どうにもわかりません。とてもではないですが、まともとは申せませんです」

「そういうことは胸で思っても、口には出すべきでない。それも仏のまえではないか」

「ではありますが」

「わしも武芸の者の端くれだ」

「あっ」

と声に出してから、権助はあわてて口をふさいだ。

「しかし、権助の言うとおりだな。武芸の者は、つまらぬ見栄に命を賭ける愚か者だ」

権助は相鎚《あいづち》を打つわけにもいかず、困ったような顔をしている。それがおかしくて、源太夫は思わず苦笑した。

山門を抜けると、園瀬の盆地が一望できた。田圃のところどころで、積みあげた籾《もみ》殻《がら》を焼いていた。その灰を田に鋤《す》きこんで、堆肥《たいひ》などとともに翌年の稲作に供するのである。籾殻を焼く白い煙がまっすぐに立ち昇り、ある高さに達すると、横に棚引いていた。その煙が、盆地のあちこちに見られた。

源太夫は突然に、みつと二人の息子の顔が見たくなった。たまらなく愛おしくなったのである。かれは鞘の上からそっと刀に触れ、これからは妻と子のためだけにこれを使いたいものだと、しみじみと思った。

解説――評論家生命をかけてもいい驚異の新鋭

文芸評論家　縄田《なわた》一男《かずお》

祥伝社のM氏から本書の解説依頼の電話を受けたとき、「作者の野口《のぐち》さんは、縄田さんの御存知の方ですよ」といわれたものの、しばらく、さて、どんな人であったのかと記憶をたぐったのだが、顔が浮かんでこない。

そうこうしているうちに、当の野口さんから、ていねいなあいさつの手紙をいただき、私が幾度か原稿を書いている、音楽関係のPR誌の編集者であったことが分かった。お互い、電話とファクシミリだけのやりとりだったので、顔が浮かんでくるはずがない。しかしながら、腕の確かな編集者であり、私は興味津々《しんしん》で、その手紙を読んだ。

私は先に音楽関係のPR誌と書いたが、私が書いた原稿は、短編小説の朗読のCDの解説めいたものである。野口さんは、そうしたCDを仕事として扱う中で藤沢周《ふじさわしゅう》平《へい》作品と出会い、時代小説に開眼、二ケ月で藤沢作品を五十冊いっきに読み、その後はほぼ全作品を読了。それからは山本周五郎《やまもとしゅうごろう》、池波正太郎《いけなみしょうたろう》、岡本綺堂《おかもときどう》、隆慶一郎《りゅうけいいちろう》といった作家の作品を読み耽《ふけ》り、遂には自分で小説の筆をとるようになったという。

驚いたのはその次に書いてあったことだ。私信なので詳述は避けるが、そこには、もし、私がこれから時代小説を書く人に助言するならば、これだけは心がけてほしい、と思うことどもが、野口さんが自分が作品を書いていく上で目標としたいこととして挙げてあるではないか——。

そして実際に作品に接してみて私は二重に驚いた。野口さんは、藤沢作品に登場する海坂藩《うなさか》に対し、南国の園瀬藩《そのせ》を創造し、その藩の政争の中に巻き込まれた人々の浮沈を見事に描き切っていたからだ。

こう書くと、藤沢作品の愛読者は、では本書は藤沢作品へのオマージュではないか、というかもしれない。だが、いまや平成の大ベストセラー作家となった佐伯泰英《さえきやすひで》氏が、『密命』の第一作は、自分なりの『用心棒日月抄』を書くつもりであったことを告白しているではないか。

かつて作家志望の若者たちは、自分の敬愛する作家の文章を原稿用紙に書き写すことによって、文章の勉強をし、その作家にぎりぎりのところまで近づくことによって己れの可能性をはかろうとした。野口さんの文章にはそうした律儀《りちぎ》さがあり、いまは藤沢作品からの引用を行っているかもしれないが、必ずそこから野口さんにしか書けないものを導き出すに違いない、と私は確信している。

では、何故そんな確信ができるのかといえば、野口さんが、圧倒的な描写力を持っているからだという他はない。そして、その描写力は、時に見事な人間観照や自然を隠喩とした作中人物の心の襞《ひだ》を行間から浮かびあがらせ、間断とするところがない。

たとえば表題作「軍鶏侍《しやも》」における、軍鶏を描いた「軍鶏は胸を張り、ゆっくりと脚を持ちあげ、爪《つめ》をいっぱいに開くと、この国そのものを摑もうとでもするような気概で脚をおろす。歩様《ほよう》には悠揚《ゆうよう》迫らぬものがあって、鶏合わせのときの俊敏さを考えると、まるで別の生きもののようであった」という箇所はどうであろうか。そして、その後に記される鶏合わせの描写の素晴らしさといったら――。恐らくこの場面に匹敵《ひってき》する鶏合わせの描写は、晩年の長宗我部元親《ちようそかべもとちか》を描き、真に小説に対する眼力を持った大佛次郎《おさらぎじろう》や吉田健一《よしだけんいち》に絶讃されつつも、惜しくも直木賞を逸した宮地佐一郎《みやじさいちろう》の「闘鶏絵図」のみではないか、と思われてならない。

人間関係の煩雑《はんざつ》さから隠居願いを出して受け入れられたものの、一方で無用者の烙印《らくいん》を捺された恥辱《ちじよく》をふり払うことができない――そんな矛盾《むじゅん》した存在として、主人公、岩倉源太夫《いわくらげんだゆう》は登場する。だが、園瀬藩の藩主は賢君であり、自由な立場となった源太夫を一朝ことあるときの切札として温存していた、という設定がまず読ませる。

そして、作中に描かれる軍鶏こそは、鶏合わせから思いついた源太夫の秘剣蹴殺《けころ》しに象徴されるように、それこそ、いま記したように、いざというときは、生死の門をくぐらねばならない侍の宿命や、その荒ぶる血を見事に示しているではないか。

さらに野口さんは、藩内抗争を善玉悪玉という図式に分けずに、諸悪の根源は派閥である、としている点など、作品は現代的な感覚をも兼《か》ね備えている。

加えて、何事にも精通している、コメディーリリーフでもあり、最終話「蹴殺し」で、岩倉家の今後の平穏のため、眉一つ動かさず恐ろしい提案を本気で行う源太夫の下男、権助《ごんすけ》や、片や源太夫に剣を仕こみ、片や軍鶏のすばらしさを教えてくれた、日向《ひゅうが》、秋山《あきやま》の両御大の存在感、さらには、結末に控えている哀しい対決まで——。

私は冒頭の一篇を読んだだけで、野口さんの作品に懸《か》けてみようと思った。何を、と問われればいうまでもない、それは評論家生命をである。私がそうしたことをいうと、そんな軽はずみなことをいって、と忠告してくれる人もいる。だが、私は、評論家をしている割には、理屈より情が先立つ方で、いったん思い込んだら、惚《ほ》れたが悪いか、という心持ちになってしまう。

しかしながら、二篇、三篇と連作を読んでいるうちに、その思いは私の中で確固たる信念に変わっていった。後続作品は、表題作に描かれた派閥の解消後、さまざまな浮沈の中に立たされた人々の思いを拾う物語となっているが、「沈める鐘」では、同時に源太夫の再婚話が進められていく。己れの至らなさのために、幸福とはいえない家庭を支えつつ逝《い》ってしまった先妻への思いなど、主人公はますます、翳影を重ねて存在感を増してゆく。そして待ちに待った道場びらき——。が、その一方で、女敵《めがたき》である上司と妻を斬り、いままた、死に場所を求めて源太夫を待つ男の悲哀はどうだ。

「侍とは味気ないものでござるな」

「と申して、やめることもならず」

というやりとりが、静かだが、ずんと腹にひびいてくる。

次は、この一巻の中で、私が最も愛すべき作品「夏の終わり」である。

誰しも思春期に甘酸っぱい感傷にひたりつつ、何かしらの思いを乗り越え、一歩大人に近づいていくのが夏の終わりではないだろうか。先の政争に絡んで父親が切腹したことで負い目を抱えて苦しむ、大村圭二郎《おおむらけいじろう》——彼は藤ケ淵《ふじがふち》に棲《す》む、淵の主ともいうべき大鯉を釣りあげることで、それを乗り越えようとする。

私はここでも目を見張った。父の死ぐらいで変わりたくはない、という圭二郎の思いがこめられた大鯉との対決の場面には、思わず手に汗を握らずにはいられない。この迫力ある描写は、本当に野口卓という新人作家のなせる業《わざ》か!?　私はその筆力の凄まじいまでの力量をようやく受け止め得たというくらいの気持ちでいっぱいだ。そして、自分自身の幼い日のセンチメンタルな夏の終わりを思い出し、いささかブルーになった。その一方で「ゆっくりと若者になってゆく者もいれば、一日でなる者もいる」という一言の、何と包容力のある素晴らしさよ。野口卓よ、やるではないか。

そして武士の意地を描きつつも、巧まざるユーモアを発揮する「ちと、つらい」を経て、この一巻も、いよいよ、武芸者同士の業《ごう》から源太夫が秘剣を披露《ひろう》して戦いを余儀なくされる「蹴殺し」で幕となる。

そして、この連作を読了して私は確信している。野口卓は、この一巻によって文庫オリジナル時代小説の最前線に躍り出た、といっても過言ではない、と。

とても新鋭とは思えない描写力を最大の武器にして、作者が次々と作品を放ってくれるであろうことが私にとっては何よりの楽しみだ。

一〇〇字書評

切り取り線

軍鶏侍

購買動機（新聞、雑誌名を記入するか、あるいは○をつけてください）	
□（	）の広告を見て
□（	）の書評を見て
□ 知人のすすめで	□ タイトルに惹かれて
□ カバーが良かったから	□ 内容が面白そうだから
□ 好きな作家だから	□ 好きな分野の本だから

・最近、最も感銘を受けた作品名をお書き下さい

・あなたのお好きな作家名をお書き下さい

・その他、ご要望がありましたらお書き下さい

住所	〒				
氏名		職業		年齢	
Eメール	※携帯には配信できません		新刊情報等のメール配信を 希望する・しない		

この本の感想を、編集部までお寄せいただけたらありがたく存じます。今後の企画の参考にさせていただきます。Eメールでも結構です。

いただいた「一〇〇字書評」は、新聞・雑誌等に紹介させていただくことがあります。その場合はお礼として特製図書カードを差し上げます。

前ページの原稿用紙に書評をお書きの上、切り取り、左記までお送り下さい。宛先の住所は不要です。

なお、ご記入いただいたお名前、ご住所等は、書評紹介の事前了解、謝礼のお届けのためだけに利用し、そのほかの目的のために利用することはありません。

〒一〇一‐八七〇一
祥伝社文庫編集長　坂口芳和
電話　〇三（三二六五）二〇八〇

祥伝社ホームページの「ブックレビュー」からも、書き込めます。
http://www.shodensha.co.jp/bookreview/

祥伝社文庫

軍鶏侍《しやもざむらい》

平成23年2月15日　初版第1刷発行
平成23年12月10日　第3刷発行

著　者　野口卓《のぐちたく》
発行者　竹内和芳
発行所　祥伝社《しようでんしや》
東京都千代田区神田神保町3-3
〒101-8701
電話　03（3265）2081（販売部）
電話　03（3265）2080（編集部）
電話　03（3265）3622（業務部）
http://www.shodensha.co.jp/
印刷所　萩原印刷
製本所　積信堂
カバーフォーマットデザイン　中原達治

Printed in Japan ©2011, Taku Noguchi ISBN978-4-396-33647-9 C0193